Stumme Wasser

Anja Behn, geboren 1972 in Rostock, studierte Bauingenieurwesen und arbeitet in einer Rostocker Baufirma. Sie lebt mit ihrer Familie in einem kleinen Dorf in Mecklenburg. »Stumme Wasser« ist ihr erster Kriminalroman.

ANJA BEHN

Stumme Wasser

KÜSTEN KRIMI

emons:

Bibliografische Information der Deutschen Nationalbibliothek
Die Deutsche Nationalbibliothek verzeichnet diese Publikation in der Deutschen Nationalbibliografie; detaillierte bibliografische Daten sind im Internet über http://dnb.d-nb.de abrufbar.

FSC www.fsc.org
MIX
Papier aus verantwortungsvollen Quellen
FSC® C083411

Umschlagmotiv: photocase.com/manun
Umschlaggestaltung: Tobias Doetsch
Gestaltung Innenteil: César Satz & Grafik GmbH, Köln
Lektorat: Lothar Strüh
Druck und Bindung: CPI – Clausen & Bosse, Leck
Printed in Germany 2015
ISBN 978-3-95451-710-7
Küsten Krimi
Originalausgabe

Für Volkmar und Oliver

Prolog

DDR, Fahrenende, Anfang der achtziger Jahre

Der Nebel legte sich über den Küstenwald wie das Netz einer Spinne. Immer dichter und undurchdringlicher. Kein Laut war zu hören. Würde er nicht das Salz auf seinen Lippen schmecken, hätte er nicht geglaubt, am Meer zu sein. Doch die Ostsee war da. Spiegelglatt und totenstill lag sie vor ihm, als er aus dem dunklen Kiefernwald trat. Genau wie Holger es vorhergesagt hatte.

Sein Blick wanderte in Richtung Grooter Kierl. Dort an dem hohen Felsen war das Versteck, und dort wollte sie auf ihn warten. Der junge Mann drückte sich wieder in das schützende Dickicht und setzte seinen einsamen Weg fort. Noch immer konnte er nicht glauben, dass sie mit ihm kommen wollte. Er hatte es sich so sehr gewünscht, doch niemals gewagt, sie darum zu bitten. Zu viel stand auf dem Spiel. Sie würde alles hinter sich lassen, ihre Familie, Freunde, ein Leben in Geborgenheit. Er hatte nichts mehr zu verlieren. Hier fehlte ihm die Luft zum Atmen, die Kraft, sich aufzubäumen, war versiegt.

Ein leises Knacken im Unterholz riss ihn aus seinen Gedanken. Abrupt blieb er stehen und lauschte in die finstere Nacht. Nichts. Nur sein rasselnder Atem war zu hören. Doch er musste weiter, viel Zeit blieb ihnen nicht. Seit Monaten hatte er diesen Moment in seinen Gedanken durchlebt, jede Kleinigkeit bis ins Detail geplant. Das Schlauchboot schwarz gestrichen, Seekarten studiert, wochenlang die Kontrollzeiten der Grenzposten ausspioniert, ein Versteck organisiert. Doch mit einem Mal war alles anders. Dieser eine Satz von ihr: »Ich will mit dir kommen.« Er schaffte es nicht mehr, alles neu durchzuplanen. In ein paar Wochen würde der

Winter hereinbrechen, und eine Flucht wäre unmöglich. Im Frühjahr war es zu spät. Er musste weg. Jetzt.

Durch die milchig trübe Suppe war kaum noch etwas zu erkennen, die schmalen Stämme der Kiefern schienen ihre Konturen im Nebel aufzulösen. Doch er wusste, der Abstieg zum Strand war erreicht. Fast blind tastete sich der junge Mann den schroffen Pfad hinab. Eile war geboten, denn in wenigen Minuten streifte der nächste Suchscheinwerfer über den Strand. Hoffentlich war sie schon sicher unten. Sie mussten getrennt gehen. Hätte man sie zusammen im Wald entdeckt, wäre ihre Absicht zu offensichtlich. Im Oktober, nachts um eins.

Seine Füße stießen auf einen steinigen Untergrund, endlich war er unten. Plötzlich durchdrang im Osten ein schwacher Lichtschimmer den zähen Dunst. Stolpernd hastete er in die andere Richtung, drückte sich keuchend unter einen großen Haufen verwitterten Totholzes. Der helle Lichtkegel streifte seinen Unterschlupf. Starr vor Angst und mit geschlossenen Augen lag er da, wagte nicht einmal zu atmen. Doch der Nebel schluckte alles in dieser Nacht. Der grelle Schein driftete nach Westen ab, und der schmale Strand lag wieder im Dunkeln.

Noch einhundert Meter, dann war er sicher am Versteck. Gemeinsam mit Holger hatte er es im Frühjahr auf einem ihrer Streifzüge entdeckt. Die Brandung schlug an dieser Stelle bis an den Fuß der Steilküste. Während der heftigen Winterstürme hatte die Ostsee eine fast mannshohe Hohlkehle in die Felswand gespült. Dort lag das Boot versteckt, und dort wartete sie auf ihn. Um den Treffpunkt zu erreichen, musste er nur noch durch das seichte Meerwasser waten. Noch immer durchbrach keine Woge die Stille. Als er den großen Felsvorsprung umrundet hatte, spuckte der Nebel die Felsenhöhle aus.

Leise rief er nach ihr. Keine Antwort. Der Mann drückte

sich tastend an dem kalten Stein entlang. Wieder flüsterte er ihren Namen in den Nebeldunst. Stille. Er duckte sich und kroch auf allen vieren in die Höhle. Sie war nicht da. Lähmende Angst stieg in ihm auf. Wurde sie entdeckt? Nein, dann hätte er Sirenen gehört. Die Nacht war zu ruhig. Langsam wich die Panik dem Bewusstsein, dass sie nicht kommen wollte. Sie hatte sich entschieden. Gegen ihn. Er packte das Schlauchboot und machte sich daran, es aufzupumpen. Die Routine seiner Bewegungen ließ ihn ruhiger werden. Er nahm die Paddel aus dem Rucksack und steckte sie in die Halterung.

Plötzlich vernahm er ein leises Scheppern auf den Steinen. Jemand kam vom Wasser herauf. Sein Herz setzte vor Freude einen kurzen Moment aus. Sie war gekommen. Jetzt wurde alles gut. Er krabbelte aus dem Versteck, um ihr im Nebel entgegenzugehen. Dann sah er den Schein der Taschenlampe. Warum war sie so leichtsinnig? Kein Licht. Das war die Abmachung. Doch vielleicht konnte sie sich in dieser Waschküche nicht anders orientieren. Er trat in das Licht der Lampe und bemerkte seinen Fehler zu spät.

Fahrenende, 20. Dezember

Ein quälendes metallisches Quietschen drang in sein Bewusstsein. Schlaftrunken öffnete er die Augen und blickte auf den spärlich beleuchteten Bahnhof irgendeiner mecklenburgischen Kleinstadt. Der Zug war stehen geblieben. Kunsthistoriker Richard Gruben schaute auf das beleuchtete Zifferblatt der Bahnhofsuhr. Zwanzig Minuten vor zehn. In einer halben Stunde war er am Ziel. Richard streckte seine müden Glieder, wobei ein brauner Umschlag von den Knien rutschte. Der eigentliche Grund seiner Reise.

Er hob den Brief auf und las die ihm inzwischen so vertrauten Zeilen zum wiederholten Male. Friedrich Semmering bat ihn um Hilfe, nach all den Jahren. Mitte der Neunziger waren sie sich auf einer Vernissage in Hamburg begegnet, der alte Maler und der junge Absolvent. Damals hatte Richard gerade sein Studium der Kunstgeschichte abgeschlossen und steckte noch voller Tatendrang. Er sog alles in sich auf, was der Kunstmarkt zu bieten hatte, Malerei, Plastiken, Videokunst. Friedrich hingegen besaß diese Abgeklärtheit des Alters, den Blick nur auf das Wesentliche gerichtet. In der Kunst und im Leben. Das beeindruckte ihn. Im Sommer darauf hatte er zwei Monate bei dem alten Mann an der Ostsee verbracht. Am Tag hockten sie im Atelier und diskutierten in der stickigen, schwülen Juliluft über Paradigmen, Ästhetik und Ausdrucksformen der Kunst. Die lauen Sommernächte unter alten rauschenden Kastanien blieben dem Philosophieren über den Sinn und die Endlichkeit des Lebens.

Diese Zeit hatte seine Arbeit bis heute geprägt. Noch im Herbst des gleichen Jahres wurde Richard eine Doktorandenstelle an der Uni Münster angeboten. Das war jetzt sechzehn Jahre her, seitdem hatten sie sich nicht mehr gesehen. Inzwischen hatte Richard sich als Kunstexperte auf dem europäischen Markt etabliert, die Gelegenheiten für gegenseitige Besuche blieben aus. Was folgte, waren ein paar lose Telefonate oder Postkarten an Weihnachten. Den neuen Medien gegenüber leistete Friedrich unerbittlichen Widerstand, E-Mails fand er immer suspekt. Darum auch der Brief.

Langsam setzte sich der Zug wieder in Bewegung. Semmering schrieb etwas von einem Bild, und er bräuchte seinen Rat als Kunstexperte. Es wäre ihm ungeheuer wichtig, dass gerade Richard sich dieser Sache annahm. Möglichst schnell, es ließe sich nicht aufschieben.

Friedrichs Leben war die Fahrenender »Kunstscheune«. Seit zehn Jahren waltete er dort als Vereinsvorsitzender. Das private Museum, welches in einer ehemaligen Pfarrscheune ansässig war, sammelte Werke von Künstlern, die in Fahrenende oder der umliegenden Küstenregion gelebt und gewirkt hatten. Seit Ende des vorletzten Jahrhunderts zog es immer wieder Maler und Bildhauer zum Arbeiten in die ehemalige Künstlerkolonie an der Ostsee. Einige verbrachten dort ihren Sommer, andere blieben für immer. So wie Friedrich.

Nachdenklich faltete Richard den Brief zusammen. Vermutlich ging es um eines der Gemälde, die er für das Museum erwerben wollte. So kleine Vereine verfügten selten über viel Geld. Semmering wusste, dass er ihm nie ein Gutachten in Rechnung stellen würde. Doch warum erwähnte der Alte nicht, um welches Bild es sich handelte? Kein Künstler, kein Titel, kein Entstehungsjahr. Nichts. Auch in ihrem kurzen Telefonat vor seiner Abreise war er nicht mit der Sprache herausgerückt, hatte nur ausweichend herumgedruckst. Er hätte sich besser vorbereiten können. Aber diese Geheimniskrämerei sah dem alten Mann ähnlich.

Richard holte sein Smartphone hervor und wählte die Nummer des alten Freundes. Niemand nahm ab. Semmering wollte ihn vom Bahnhof abholen, vermutlich war er bereits unterwegs. Er hoffte, dass er auftauchen würde, denn dass er nach zehn ein Taxi in einem verschlafenen Urlaubernest ergattern konnte, erschien ihm doch sehr zweifelhaft. Sein Handy piepte. Eine SMS von Charlotte: »Bist du gut angekommen?«

Schwermütig lehnte Richard Gruben sich in seinen Sitz zurück. Warum fiel es ihr so schwer, sich an die Vereinbarung zu halten? Die Auszeit wollten sie doch beide. In den letzten Monaten hatten bereits ganz kleine, alltägliche Dinge für Zündstoff in ihrer Beziehung gesorgt. Der Streit vor seiner Abreise hatte das Fass schließlich zum Überlaufen gebracht. Warum er ausgerechnet kurz vor Weihnachten fahren müsste? Wieso sie nicht vorher darüber gesprochen hätten? Warum er immer alles allein entschied? Seit wann ihr Zusammenleben so eingefahren war, wusste er nicht mehr. Er war jetzt zweiundvierzig Jahre alt und sehnte sich nach Ruhe und Ausgeglichenheit in seinem Leben. Die Beziehung zu Charlotte zermürbte ihn. Diese unerwartete Reise kam ihm gerade recht, gab sie ihm doch Zeit, Gedanken und Gefühle zu ordnen.

Das Display der Zuganzeige leuchtete auf und machte ihn darauf aufmerksam, dass er in einer Minute sein Ziel erreicht hatte. Fahrenende.

Richard verstaute den Brief in der Seitentasche seines Trolleys, nahm Mantel und Laptop von der Ablage und steckte das Handy ein.

Die SMS blieb unbeantwortet.

»Soll ich hier auch noch wischen?«

Erschrocken fuhr Johanna herum und blickte in das fragende, rundliche Gesicht der Putzfrau.

»Nein. Ja, doch … danke, Frau Peters!«, erwiderte sie irritiert, schob die bunten Schulhefte zusammen und stand vom Tisch auf. »Ich habe später noch zwei Elterngespräche. Wir gehen in den Kunstraum, da können wir uns auch besser ausbreiten.«

In hektischer Eile bugsierte Frau Peters bereits Wischmopp und Eimer in das Klassenzimmer. Steif drückte sich Johanna an der älteren Frau vorbei, ging in den Kunstraum gegenüber und schloss die Tür hinter sich. Der Geruch von Ölfarbe und Terpentin schlug ihr ins Gesicht. Sie schloss die Augen und atmete den vertrauten Duft ein.

Dieser Raum war ihr der liebste. Als sie vor drei Jahren an die Fahrenender Grundschule gekommen war, hatte sie den Kunstraum frei nach ihren Vorstellungen gestalten können. Johanna hatte die Kunst immer geliebt, sie war ihr praktisch in die Wiege gelegt. Ihr Großvater Friedrich konnte ihr die Entscheidung gegen ein Kunststudium nie wirklich verzeihen. Doch der Weg als freie Künstlerin erschien ihr zu steinig und unsicher. Sie hatte es an Friedrich gesehen. Sein Leben war geprägt von Existenzängsten, Schaffenskrisen und Selbstzweifeln. Die Arbeit als Kunstlehrerin erschien ihr ein guter Kompromiss. Lange hatte sie mit ihrer Entscheidung gehadert, denn in ihrer Familie waren schließlich alle künstlerisch begabt. Ihre Mutter, ihre Großeltern Friedrich und Martha. Außer ihrem Vater. Jetzt mit Anfang dreißig wusste sie, dass dieser Weg richtig war.

Nach drei Atemzügen trat sie hinter die nachtschwarzen Scheiben der Fenster. Die kleine Feldsteinkirche gegenüber lag völlig im Dunkeln. Nur der riesige Weihnachtsstern über der Eingangspforte tauchte die verwaiste Dorfstraße in ein warmes, wohliges Gelb, trotz des nasskalten Nieselregens, der auf das glänzende Kopfsteinpflaster niederging. Zum ersten Mal in diesem Winter waren in der vergangenen Nacht die Temperaturen unter den Nullpunkt gefallen.

Johanna schaute zum Pfarrhof hinüber. Im Museum der alten Fachwerkscheune brannte kein Licht, doch das Pfarrhaus war hell erleuchtet. Ihr Blick wanderte ins Dachgeschoss zum Atelier ihres Großvaters, wo die Tageslichtröhren bläulich durch den grauen Nieselregen schimmerten. Er arbeitete also noch immer. Am Morgen hatte Friedrich ihr erzählt, dass er unbedingt den Ausstellungskatalog für die Festwoche im Januar beenden wollte und es noch tausend Dinge zu erledigen gab. Die Feierlichkeiten zum zehnjährigen Bestehen des Kunstmuseums versetzten den ganzen Verein in eine regsame Betriebsamkeit, doch ohne Friedrichs Zustimmung lief hier nichts.

Johanna machte sich Sorgen um ihren Großvater. In den letzten Wochen wirkte er nervös und angespannt. Normalerweise machte ihm diese Art von Arbeit Spaß, und jeder sah ihm die Freude an. Aber in den letzten Tagen war Friedrich oft abwesend, sein entrückter Blick ging häufig ins Leere. Er war in einer anderen Welt. Gestern wollten sie gemeinsam in der »Kunstscheune« die Bilder für die neue Ausstellung arrangieren, doch das meiste blieb liegen. Unentwegt spähte Friedrich aus dem Fenster, als ob er jemanden erwartete.

»Bekommst du noch Besuch?«, fragte Johanna geradeheraus.

»Nein, wie kommst du darauf?«, erwiderte ihr Großvater.

»Ist so ein Gefühl. Ständig starrst du auf den Pfarrhof hinaus, als würdest du auf jemanden warten.«

»Ach, min Dirn, in meinem Alter ist man immer in Erwartung. Der Tod kann jederzeit an die Tür klopfen«, gab er ihr gedankenverloren zur Antwort.

»Was redest du da!«, schalt Johanna Friedrich. »Du hast dir in den letzten Wochen einfach zu viel zugemutet.«

»Wenn es das nur wäre. Die Schuld, die man all die Jahre mit sich trägt, zermürbt einen. Irgendwann lernt man, damit zu leben. Doch die Zeit holt einen immer ein.«

»Welche Schuld?«, fragte sie völlig perplex.

»Es waren andere Zeiten damals. Wir konnten unser Leben nicht einfach selbst bestimmen. Wer nicht mit dem Strom geschwommen ist, fiel auf.«

Ihr Großvater sprach in Rätseln.

»Wovon sprichst du?«, hakte sie nach.

»Das Wetter schlägt um, ich denke, es wird bald schneien.« Eine Antwort blieb aus. Friedrich kramte bereits wieder in seiner Werkzeugkiste herum. Johanna ließ ihren Großvater seinen Gedanken nachhängen, schließlich gab es noch genug zu tun. Und heute würde sie keine Antworten mehr bekommen.

Johanna wandte sich vom Fenster ab. Dieses wirre Gerede von Tod und unbeglichener Schuld. Vielleicht ist er mit seinen achtundsiebzig Jahren doch schon zu alt für den Job, dachte sie betrübt.

Holger Ruhnke spürte, wie der beklemmende Druck allmählich aus seinem Brustkorb wich. Sein Atem ging wieder regelmäßig, der unerträgliche Kopfschmerz war verschwunden. Gut, dass er das Fahrrad genommen hatte. Das monotone Surren des Dynamos strahlte eine unglaubliche Ruhe auf ihn aus. Die leere Landstraße vor ihm lag in völliger Finsternis, links und rechts davon konnte er den Wald nur erahnen. Allein der schwache Schein seiner Fahrradlampe leuchtete ihm den Weg. Grüblerisch starrte

Holger in den flackernden Lichtstrahl und versuchte, die peinigenden Gedanken zu sortieren. Kalter Nieselregen prasselte ihm ins Gesicht, sein Blaumann war völlig durchnässt. Doch es war ihm egal. Vor mittlerweile fünf Stunden hatte er gemerkt, dass er rausmusste, und die Bootswerft fluchtartig verlassen.

Warum Kerstin wütend und enttäuscht war, konnte er gut verstehen, doch momentan gab es keine klärenden Antworten auf ihre bohrenden Fragen. Die Bank hatte ihnen eine letzte Frist gesetzt. Holger ahnte bereits seit Langem, dass es dazu kommen würde. Seit Jahren schrieb die Ruhnke-Werft nur noch rote Zahlen, größere Aufträge gingen schon lange nicht mehr ein. Früher, als sein Vater noch gelebt hatte, hatte alles anders ausgesehen. Nach der Wende waren die Leute in Scharen aus den alten Bundesländern gekommen, um hier an der Ostsee ihre Yachten und Jollen preisgünstig überholen zu lassen. Heute blieben ihm lediglich kleinere Reparaturen und die Wartungsarbeiten der wenigen Fischkutter und Reusenboote, die es hier in der Gegend noch gab. Die maroden Liegeplätze am Bootshafen wurden von den Seglern nur noch gelegentlich angelaufen, drüben in Prerow war alles schicker und mondäner.

Seit Holger die Werft Ende der Neunziger nach dem Tod seines Vaters übernommen hatte, ging es stetig bergab. Vor sechs Jahren schien sich das Blatt endlich zum Guten zu wenden, und er schaute optimistischer in die Zukunft. Als Klaus Gravenhorst, der Ortsvorsteher von Fahrenende, mit den Plänen zum Bau eines neuen Yachthafens herumprahlte, sah er seine Zeit gekommen. Der Hafen mit modernen Sanitäranlagen, kleinen Boutiquen und Restaurants würde eine gut betuchte Klientel anlocken, dazu Regatten und Segelschulen in den Sommermonaten. Blind hatte Holger Gravenhorsts Visionen vertraut und einen größeren Kredit aufgenommen. Er investierte in neue Technik und Maschinen, baute sogar die Werfthalle weiter aus. Doch der Hafenneubau ließ auf sich warten. Nichts rührte sich. Irgendwann meinte Klaus beiläufig, der Investor lege vorerst alles auf Eis. Seit 1928 war die kleine Bootswerft Familienbesitz der Ruhnkes. Und er hatte sie kaputtgewirtschaftet. Sein Vater wäre tief enttäuscht.

In der Ferne nahm Holger durch den Regenschleier das Blinken des Andreaskreuzes wahr. Die letzte Regionalbahn aus Rostock würde gleich einfahren. Er stoppte am Fahrbahnrand und zog das Handy aus der Tasche seines Overalls. Drei verpasste Anrufe von Kerstin. Typisch! Sie machte ihm wieder mal Druck. Wie sollte er so schnell das Geld auftreiben? Es gab nicht viele Möglichkeiten. Und eine davon hatte er bereits vertan. Warum musste der Alte sich auch so beharrlich gegen seinen Vorschlag wehren? Sie hätten doch beide davon profitiert. All seine Probleme wären mit einem Schlag erledigt. Doch dem alten Kauz stieß es bitter auf, dass er die Fäden nicht mehr in der Hand hielt.

Kreischend ratterte der hell erleuchtete Zug vorbei, und die Schranken hoben sich. Holger stieg wieder auf sein Rad. Behäbig überquerte er den Bahnübergang und bog Richtung Ortsmitte ab. Aus den Augenwinkeln fiel ihm am Bahnhof ein hochgewachsener Mann mit einem silbernen Koffer auf. Viel zu elegant gekleidet für dieses Nest, dachte er noch, bevor er gedankenverloren ins Dorf radelte.

Ich hätte das Auto nehmen sollen! Richard Gruben fluchte innerlich. Ein nasskalter Windstoß erfasste seinen schwarzen Wollmantel und ließ ihn frösteln. Zwanzig Minuten hatte er vergeblich am Bahnhof ausgeharrt, den Blick immer wieder über den verwaisten Bahnsteig schweifen lassen. Doch Friedrich war nicht aufgetaucht. Zum wiederholten Male drückte er die Wahlwiederholung seines Handys. Vergeblich. Missmutig steckte er das Telefon in seine Manteltasche zurück. Es nützte nichts, er musste sich zu Fuß auf den Weg ins Dorf machen. Mit starren Fingern rüttelte Richard am Griff seines Rollkoffers, zog das Gestänge heraus und setzte sich in Bewegung.

Jetzt im Winter war Fahrenende wie ausgestorben. Düster und verlassen lagen die reetgedeckten Häuser unter den schwarzen Ästen der alten, laublosen Kastanien. Ohne die vielen Touristen, die im Sommer die kleinen Straßen bevölkerten, wirkte das Dorf wie aus einer anderen Zeit. Trostlos und verschlafen. Doch Richard liebte diese einsame Stille, denn der Ort hatte sich seine Ursprünglichkeit bewahrt. Große Hotels und Apartmentanlagen suchte man vergebens. In Fahrenende gab es nur eine Handvoll kleiner Pensionen, einige Ferienhäuser und private Zimmer. Er hoffte inständig, zu dieser nachtschlafenden Zeit nicht an eine der Türen klopfen zu müssen, sollte Semmering ihn versetzen.

Mittlerweile hatte er den Ortskern erreicht und schaute sich zögernd um. Er versuchte sich in Erinnerung zu bringen, welchen Weg er zum Pfarrhof einschlagen musste, doch es fiel ihm nicht ein. Im trüben Schein einer Straßenlaterne entdeckte Richard auf der anderen Seite einen Streifenwagen. Wer sollte den Weg besser kennen? Er überquerte die Straße, wobei die Kunststoffräder des Trolleys geräuschvoll über das Kopfsteinpflaster holperten. Zügig trat er unter das schwache Licht der Laterne und spähte in das Innere des Autos. Ein stämmiger Mann um die vierzig schlief mit zurückgelegtem Kopf und offenem Mund. Durch ein energisches Klopfen an der Scheibe machte Richard sich bemerkbar. Behaglich rekelte sich der Polizist in seinem

Sitz, schlug die Augen auf und blinzelte zum Fenster hinaus. Als er Richard entdeckte, glättete er hektisch die blaue Uniform. Bemüht, wichtig auszusehen. Amüsiert grinste der Professor über seine Gestik und klopfte erneut an das Autofenster. Mit gespielt ärgerlichem Blick betätigte der Polizist den elektrischen Fensterheber, und die Scheibe fuhr hinunter.

»Kann ich irgendwie helfen?«

Der Geruch von Zwiebelmett und Pfefferminztee schlug Richard entgegen.

»Denke schon. Ich suche den Pfarrhof«, gab er zur Antwort.

»Zum alten Semmering?«, kam die Gegenfrage.

»Friedrich wollte mich vom Bahnhof abholen. Aber er ist nicht aufgetaucht.« Warum erzählte er dem Mann das alles?

»Hat wohl zu tief ins Glas geschaut, der Alte. Da vergisst er schon mal was«, lachte der Uniformierte über seinen eigenen Witz.

»Wo lang nun?« Richard verlor langsam die Geduld.

»Steigen Sie ein. Ist nicht weit«, bot der Polizist schließlich mit breitem Mecklenburger Akzent an und stieß die Beifahrertür auf. Richard ließ die Schultern hängen. Was sollte es! Es war besser, als noch länger in der Kälte herumzustehen und zu diskutieren. Während er sein Gepäck im Kofferraum verstaute, kramte der Mann in Uniform bereits Thermoskanne und Butterbrotpapier vom Beifahrersitz. Plötzlich war da wieder dieses ungute Gefühl, das er schon bei seiner vergeblichen Warterei am Bahnhof verspürt hatte. Egal! Es war spät, bitterkalt und nass.

***

Gemächlich fuhr der silberblaue Passat durch die leeren, spärlich beleuchteten Straßen. In einigen Häusern brannten noch die blinkenden Lichter der Weihnachtsdekoration. Der feine Nieselregen wurde allmählich stärker. Richard wollte höflich sein und machte auf Konversation.

»Nachtschicht?«

»Yogakurs.«

Verblüfft hob der Professor die Augenbrauen.

»Also, meine Frau macht den Kurs, und ich hole sie ab«, stammelte der Mann. Er war also nicht im Dienst.

»Verstehe«, sagte Richard.

»Und selbst? Verwandtenbesuch?«

»In gewisser Weise … ja.«

»Aha.« Der Polizist beließ es dabei und schaltete betont einen Gang höher. Durch die regennasse Frontscheibe konnte Richard den Kirchturm ausmachen. Alles war wie in seiner Erinnerung: die kleine Feldsteinkirche mit dem Friedhof, die reetgedeckte Pfarrscheune und das alte Gutshaus, in dem sich eine Schule befand. Ein idyllisches Postkartenmotiv mitten im Winter. Hinter dem Friedhof bogen sie ab und steuerten durch die große Toreinfahrt auf das hell erleuchtete Pfarrhaus zu. Obwohl leichter Ärger in ihm aufstieg, spürte Richard eine gewisse Erleichterung, dass Licht brannte. Der Streifenwagen stoppte, und die beiden Männer stiegen aus.

»Sag doch, er ist zu Hause«, lachte der Polizist und führte die rechte Hand mit leichten Kippbewegungen zum Mund. Richard stemmte den Trolley aus dem Kofferraum. »Danke fürs Bringen.« Er reichte seinem Gegenüber die Hand.

»Kein Problem. Ich bin übrigens Bert. Bert Mulsow.«

»Richard Gruben. Und nochmals vielen Dank.«

Vorsichtig stakste er über das nasse Pflaster zur Beifahrertür, um seinen Mantel zu holen.

»Komisch«, hörte er den Polizisten auf der anderen Seite des Wagens murmeln. »Warum lässt der Alte den Kater nicht ins Haus?«

Richard schaute auf. Vor der Eingangstür hockte Amadeus. Das Tier miaute erbärmlich. Soweit Richard sich an Friedrichs Erzählungen erinnern konnte, liebte der Maler den rot getigerten Kater abgöttisch. Es sah seinem alten Freund überhaupt nicht ähnlich, ihn bei diesem Sauwetter draußen zu lassen.

Mulsow klopfte bereits lautstark an die Tür. »Semmering, mach uns mal auf!«

Die Männer lauschten. Nichts.

»Warten Sie hier! Ich sehe in der Garage nach.« Der Polizeibeamte stolperte unbeholfen davon.

Laut schnurrend strich Amadeus um Richards Hosenbeine. Mit seinem linken Fuß schob er den Kater sanft beiseite und ging um das Pfarrhaus herum. Der Regen wurde stärker, und er hatte keine Lust, nutzlos in der Kälte herumzustehen. Auch zum Garten hin waren alle Fenster erleuchtet. Über die niedrige Brüstung hinweg spähte Richard in die Küche. Auf dem Herd standen eine gefüllte Pfanne und zwei Töpfe, der schwere Eichentisch war zum Essen eingedeckt. Friedrich hatte ihn also erwartet. Doch wo steckte er nur? Lautstark pochte Richard an das Küchenfenster.

»Friedrich?«

Nichts rührte sich. Er rief noch einmal. Das ungute Gefühl, das seit der Ankunft in seinem Unterbewusstsein geschlummert hatte, überkam ihn plötzlich mit aller Gewalt. Sein Blick fiel auf die Hintertür. Mit schnellen Schritten ging er darauf zu und drückte die Klinke hinunter. Er hatte Glück, sie war offen. Auch so eine Eigenart von Friedrich, die Türen nur selten abzuschließen. Zögerlich betrat Richard das Haus. Der rote Kater schlüpfte flink durch den schmalen Türspalt hinterher.

»Friedrich?«

Nur das leise Echo seiner Stimme hallte zurück. Erst jetzt

bemerkte er das Chaos, umgeworfene Stühle und Studiolampen, ein Holzregal quer auf dem Boden, die Türen der Küchenschränke sperrangelweit offen. Sämtliche Schubladen waren herausgerissen und ihr Inhalt über den Boden verstreut. Alles war durchwühlt.

»Bloß nichts anfassen!«

Richard fuhr herum. Bert Mulsow war ihm ins Haus gefolgt und schaute sich ungläubig um.

»Was für eine Sauerei«, sagte der Beamte und bahnte sich seinen Weg durch die Unordnung.

Fassungslos trabte Richard Gruben hinterher. In Bad und Schlafzimmer bot sich den beiden das gleiche Bild, das Durcheinander setzte sich nahtlos fort.

»Semmering?« Mulsows sonore Stimme dröhnte durch das alte Fachwerkhaus.

Mit sorgenvollem Gesicht deutete Richard nach oben. »Wir sollten im Dachgeschoss nachsehen.«

Eilig stiegen die Männer die knarrende Holztreppe hinauf. Die Tür zu Friedrichs Atelier stand weit offen. Als Richard über die Schwelle trat, spürte er sofort die Faszination, die dieser Raum schon damals auf ihn ausgeübt hatte. Wie ein riesiges Zelt spannte sich das Dach mit der freigelegten Holzkonstruktion über das große, luftige Atelier. Der komplett verglaste Nordgiebel bot dem Maler das gleichmäßige, kalte Licht, das er zum Arbeiten benötigte. Aber hier oben herrschte dasselbe Durcheinander wie in den Räumen im Erdgeschoss. Gerahmte Gemälde lagen kreuz und quer auf den abgewetzten Holzdielen, dazwischen Rahmen, Farben und Pinsel verstreut. Aus den offenen Auszügen der metallenen Zeichenschränke quollen Aquarelle und Grafiken heraus.

»Wer in aller Welt tut so was?« Schleppend steuerte Mulsow auf die nachtschwarze Glasfront zu, als würde er darin eine Antwort auf alles finden.

Doch Richard verharrte regungslos im Türrahmen. Er hatte bereits gefunden, wonach er suchte. Im Spiegelbild der dunklen Scheiben sah er Semmering vor einer großformatigen Staffelei liegen. Die offenen Augen starr auf ihn gerichtet, das graue Haupt in einer erheblichen Lache Blut. Der rote Kater strich ruhelos um die Beine des Alten und rieb unermüdlich den Kopf an seinem toten Besitzer.

21. Dezember

Das Rauschen der alten Heizungsrohre riss Richard aus einem unruhigen Schlaf. Fröstelnd stand er auf und tastete nach seinem Troyer. Er streifte sich den wärmenden Strickpullover über, zog die Vorhänge beiseite und blickte auf den dunklen Küstenwald. Ungestüm wurden die schlanken Kiefern in dem kalten Wind hin und her geschüttelt. Der Regen der Nacht hatte aufgehört, und beschwerlich versuchte der neue Morgen, sich seinen Weg durch den wolkenverhangenen Himmel zu bahnen.

Unweigerlich holten Richard Gruben die Bilder vom gestrigen Abend wieder ein. Friedrichs blutverschmierter Kopf, das Durcheinander im Pfarrhaus, Bert Mulsow hektisch am Telefon. Was danach passiert war, hatte er nur in einer Art Dämmerzustand wahrgenommen. Er hatte sich gefühlt wie jemand, der das Geschehen durch eine dicke Glasscheibe beobachtete: Akribisch durchstreiften die Leute der Spurensicherung in ihren weißen Overalls jeden Winkel des alten Hauses. Ein dickleibiger Kommissar blaffte seine junge, schreckhafte Assistentin und Mulsow an, genervt, weil er das Pokalspiel im Ersten verpasste. An seine Vernehmung konnte Richard sich kaum noch erinnern, denn im selben Augenblick trugen zwei Männer in Schwarz einen grauen Zinksarg die Treppe hinunter. Schlagartig traf ihn die unausweichliche Gewissheit, dass Friedrich tot war. Irgendwann hockte er wieder auf dem Beifahrersitz von Bert Mulsow, und der Polizist bot Richard an, ihn bei seiner Tante Waltraut in der Pension unterzubringen. Der alten Dame schien es offenbar nichts auszumachen, mitten in der Nacht herausgeklingelt zu werden. Mit hanseatischer Gelassenheit hatte sie ihm das kleine Fremdenzimmer unterm Dach gezeigt, das Bett bezogen und ihm Tee und geschmierte Brote gebracht.

Das dumpfe Gluckern der Heizung holte ihn in den grauen Morgen zurück. Trübsinnig wandte sich Richard vom Fenster ab und ging unter die heiße Dusche.

Eine Viertelstunde später saß er in dem lauschigen Frühstücksraum im Erdgeschoss. Die Einrichtung, in Gelb- und Orangetönen gehalten, erinnerte ihn an reife Sanddornbeeren im Spätsommer. Waltraut Mulsow hatte bereits die leckersten Sachen, die ihr Kühlschrank an diesem frühen Morgen hergab, auf den Tisch gezaubert. Obwohl er der einzige Gast in der Pension war, reichte das Frühstück für eine Seniorengruppe auf Kaffeefahrt. Mulsows Tante hatte ihn kommen hören und tauchte in der Küchentür auf. Das kurz geschnittene silbergraue Haar schmeichelte ihrem kantigen Gesicht und nahm die Härte aus den Zügen. Ihr hagerer, steifer Körper passte so gar nicht zu ihrer regen Betriebsamkeit.

»Wie lange führen Sie die Pension schon?« Richard griff nach dem Brotkorb, den die Inhaberin ihm reichte.

»Die ›Silbermöwe‹? So lange ich denken kann«, sagte sie. »Mein Mann und ich haben schon immer Gäste beherbergt. Früher gab es hier nur zwei winzige Zimmer ohne eigenes Bad, doch die Urlauber hat das nicht abgeschreckt. Für uns war es nur ein Zuverdienst, ohne großen Aufwand. Später, nach der Wende, baute mein Mann das Dachgeschoss aus, und die Pension wurde zu meinem Lebensmittelpunkt.«

Sie eilte wieder in die Küche und kam mit einer großen Thermoskanne Kaffee an den Tisch zurück. Dankbar reichte er ihr die Tasse.

»Sind Sie mit Friedrich Semmering verwandt?«, erkundigte sich Tante Waltraut, während sie den heißen Kaffee eingoss.

»Nein«, antwortete Richard. »Er war so was wie mein Mentor. Ich habe als junger Mann viel von ihm gelernt.«

»Ach, Sie sind auch Künstler?«

»Kunsthistoriker. Mein Talent hat leider nicht gereicht.«

»Ich verstehe ja nicht viel von Kunst. Mein verstorbener Mann war Fischer, für uns gab es immer nur Arbeit. Doch der alte Semmering hat – ich meine, *hatte* – schon etwas auf dem Kasten«, äußerte Waltraut freimütig.

»Kannten Sie ihn gut?«, hakte der Professor nach.

»Wie man sich in einem Dorf eben so kennt. Jeder glaubt, von dem anderen alles zu wissen. Doch eigentlich bleibt man sich ein Leben lang fremd«, antwortete sie. »So ging es mir mit Friedrich Semmering.« Die alte Dame lächelte freundlich und verschwand in ihrer Küche.

Richard Gruben rührte gedankenverloren in seiner Tasse, als die Haustür geräuschvoll aufschlug. Bert Mulsow drängte sich in seiner blauen Uniform durch den Türrahmen.

»Morgen auch«, grüßte er freundlich.

»Guten Morgen.« Richard zeigte auf den Stuhl gegenüber und bedeutete ihm, Platz zu nehmen.

»Gut geschlafen?«, erkundigte sich der Polizist.

»Nein. Doch die Pension Ihrer Tante trifft keine Schuld. Ich bin hier bestens versorgt«, beruhigte er den Mann. Das schien diesen zu freuen, und der Professor fuhr in der Unterhaltung fort. »Gibt es schon erste Spuren?«

»Im Haus nichts Verwertbares, und draußen hat der Regen sein Übriges getan«, berichtete Mulsow resigniert.

»Weiß man schon, wann es passiert ist?« Seit der letzten Nacht plagte Richard der Gedanke, dass Friedrich vielleicht noch am Leben sein könnte, wenn er eine Bahn früher genommen hätte.

»Der offizielle Obduktionsbericht liegt noch nicht vor. Aber der Kollege von gestern meinte, früher Abend. So zwischen sieben und acht. Friedrich wurde von seinem Mörder überrascht, den Schlag auf den Hinterkopf hatte er nicht kommen sehen.«

Richard wunderte sich über die Offenheit des Polizisten. Das Weitergeben von Ermittlungsdetails würde seinem Vorgesetzten ganz sicher bitter aufstoßen, dachte er.

»Haben Sie eine Ahnung, ob der Alte in irgendwelche krummen Geschäfte verwickelt war?«, fragte Mulsow.

Nachdenklich schüttelte Richard den Kopf. »Nein. In den letzten Jahren gab es nur einen sporadischen Kontakt zwischen uns. Telefonate, Briefe … Ich weiß nicht, mit was oder wem Friedrich in der letzten Zeit beschäftigt war.«

»Und warum sind Sie dann jetzt gekommen?«, wollte der Beamte wissen, während er sich eine Scheibe Schinken vom Teller nahm.

»Ganz einfach. Friedrich hatte mich eingeladen.« Richard verschwieg, dass der Alte ihn wegen eines Bildes um Hilfe gebeten hatte. Erst musste er sich selbst darüber im Klaren sein, worum es dabei ging. Plötzlich fiel ihm etwas ein. »Wer kümmert sich nun eigentlich um den Kater?«

»Johanna. Der leitende Kommissar hatte sie gestern Nacht noch benachrichtigt. Ich war heute Morgen bei ihr, die Ärmste steht noch völlig unter Schock.«

In einem versteckten Winkel seines Gedächtnisses tauchte bei Richard Gruben das Gesicht eines pubertierenden Teenagers auf. Johanna Trestorf, die Enkelin von Friedrich, war bei dem Alten aufgewachsen. In jenem Sommer musste sie fünfzehn oder sechzehn gewesen sein. Er hatte das Mädchen komplett vergessen.

»Lebt sie noch hier in Fahrenende?«

»Ja, wieder«, gab Bert Mulsow zur Antwort. »Sie ist vor drei Jahren zurückgekehrt, als Lehrerin an unsere Grundschule. Johanna wohnt im alten Atelierhaus ihrer Eltern.«

Langsam setzte Richard die verlorenen Puzzleteilchen in seinem Kopf zusammen. Friedrich und seine Frau hatten das Mädchen nach dem Tod ihrer Mutter großgezogen. Warum es nicht beim Vater aufwuchs, daran konnte er sich nicht mehr erinnern. Semmering war verrückt nach der Kleinen. Doch jetzt fiel ihm auf, dass er Johanna in den letzten Jahren mit keiner Silbe mehr erwähnt hatte. Vielleicht hatte es Streit zwischen den beiden gegeben.

»Das Pfarrhaus wird heute Nachmittag wieder freigegeben«, riss Mulsow ihn aus seinen Gedanken. »Johanna will den Kater dann zu sich holen.«

Richard nickte und wandte den Blick aus dem Fenster. Tief hingen die grauen Wolken über den Wipfeln der Kiefern. Sollte er einfach wieder abreisen und die Ereignisse der letzten Stunden hinter sich lassen? Friedrich hatte etwas zu verbergen gehabt, der sonderbare Brief, seine ausweichenden Antworten am Telefon. Doch gab es einen Zusammenhang zwischen diesem ominösen Bild und dem Mord? Solange er nicht wusste, warum Friedrich ihn so dringend hergebeten hatte, war sein Aufenthalt in Fahrenende noch nicht beendet.

Wie oft schon hatten Friedrich und Johanna hier in der Küche beieinandergesessen. Gedankenschwer blickte die junge Frau auf die alte Eckbank, die ihr Großvater so sehr geliebt hatte. Als sie klein war, hatte sie dort an dem großen Tisch immer ihre Schularbeiten gemacht. Friedrich saß mit einer Engelsgeduld neben ihr, half bei Malfolgen und Deklinationen. Später tröstete er sie über Ärger in der Schule und den ersten Liebeskummer hinweg. Es gab immer Leben in der geräumigen Küche. Johanna konnte sich kaum daran erinnern, wann sie beide einmal allein gewesen waren. Im Pfarrhaus war stets irgendwer zu Besuch. Freunde, Künstlerkollegen, Verwandte und immer wieder Studenten. Bis zu seinem siebzigsten Geburtstag unterrichtete ihr Großvater an der Kunsthochschule Berlin-Weißensee. Die jungen Leute verbrachten stets die Semesterferien bei ihm, um Licht- und Naturstudien an der Ostsee durchzuführen. Sie kannte es nie anders, denn Friedrich brauchte diese Lebendigkeit um sich herum. Vor allem nach Marthas frühem Tod. Anfang der Neunziger starb ihre Großmutter im Alter von nur dreiundfünfzig Jahren an Krebs. Friedrich war nie darüber hinweggekommen.

Johanna nahm die letzte Tasse aus dem Geschirrkorb, trocknete sie ab und stellte das Porzellan in eine gelaugte Kiefernholzvitrine. Die Küche hatte sie endlich auf Vordermann gebracht, und im Erdgeschoss herrschte wieder die gewohnte Ordnung. Am frühen Nachmittag ging sie mit einem Beamten der Rostocker Kripo durch das Haus, um zu prüfen, ob etwas gestohlen worden war. Doch Johanna fiel nichts auf. Alles war da: Marthas alter Schmuck, Friedrichs Bilder und Grafiken, sogar die kleine Geldkassette mit zweitausend Euro lag unversehrt im Küchenschrank.

Nachdem der Mann wieder fort war, putzte sie ununterbrochen. Jedoch würde es noch einige Tage dauern, bis alles wieder an seinem gewohnten Platz stand. Morgen begannen die Weihnachtsferien. Zeit, die sie jetzt dringend benötigte. Als gestern in der Nacht dieser unangenehme Kommissar an ihrer Tür geklingelt hatte, war sie innerlich so gefasst gewesen, dass sie über sich selbst erschrocken war. Sie hatte seine bohrenden Fragen mit der Routine wie bei neugierigen, aufgedrehten Erstklässlern beantwortet. Auch nach Berts Besuch am Morgen war ihr die schreckliche Nachricht noch immer wie die Todesanzeige eines weitläufigen Bekannten in der Tageszeitung erschienen. Doch als Johanna nachmittags die Tür zum Pfarrhaus aufstieß, brach die Trauer mit ihrer wissenden Unwiderrufbarkeit aus ihr hervor. Beim Anblick lieb gewonnener Dinge hatte sie endlich die Tränen zugelassen, die sie so lange tapfer zurückgehalten hatte.

Johanna schaltete das Licht der Hoflampe ein, schnappte sich den Eimer mit dem dreckigen Wischwasser und ging hinaus. Auf dem holprigen Kopfsteinpflaster musste sie höllisch aufpassen, um nicht auszurutschen. Die feinen Regentropfen am Abend hatten bei den Minustemperaturen eine gefährliche Glätte gebildet. Sie kippte den Eimer schwungvoll aus und erstarrte, als ihr jemand auf die Schulter tippte. Mit einem Aufschrei wirbelte sie herum.

»Verzeihung! Ich wollte Sie nicht erschrecken«, entschuldigte sich der Unbekannte mit sanfter Stimme.

»Herr im Himmel! Was fällt Ihnen ein, sich so an mich heranzuschleichen. Noch dazu im Dunkeln!«, blaffte Johanna lautstark, während ihr Herz heftig klopfte.

»Wie gesagt, es tut mir leid.« Beschwichtigend hob er die Hände vor die Brust. »Mein Name ist Richard Gruben. Bert Mulsow sagte mir, dass ich Sie hier finde«, erklärte er.

Langsam dämmerte es ihr. Heute früh hatte Bert etwas von einem Professor gefaselt, den Friedrich eingeladen hatte. Doch Johanna hatte nur mit einem halben Ohr hingehört.

»Ach ja, richtig. Mein Cousin sagte mir, Sie würden vorbeikommen.«

»Cousin?«, entgegnete er sichtlich irritiert.

»Waltraut Mulsow ist die Schwester meines Vaters. Herr Gruben, Sie sind hier auf dem Dorf. Da ist jeder mit jedem verwandt.«

***

Wenige Minuten später saßen sie am Eichenholztisch mit einer Kanne Earl Grey beieinander. Amadeus lag zusammengerollt auf der Eckbank und schnurrte zufrieden.

»Was wird jetzt aus ihm?« Richard Gruben deutete mit dem Kinn zu dem schlafenden Kater hinüber.

»Ich werde den alten Gauner mit zu mir ins Atelierhaus

nehmen«, antwortete Friedrichs Enkelin und kraulte Amadeus liebevoll hinter den Ohren. Sie hob den Kopf und blickte ihn neugierig an. Ihr langes kastanienbraunes Haar schimmerte bernsteinfarben im Licht der Küchenlampe. »Bert hat gesagt, Sie kannten meinen Großvater von früher? Leider kann ich mich nicht so recht erinnern.«

Gruben lächelte. »Als ich das letzte Mal hier war, galt Ihr Interesse mehr langhaarigen Rockstars und den Jungen auf dem Campingplatz.«

»Das ist doch Jahre her«, entrüstete sie sich gespielt.

»1997«, half er ihr auf die Sprünge.

»Mein Gott, da war ich sechzehn! Kein Wunder, dass ich mich nicht an Sie erinnere«, sagte sie kopfschüttelnd.

Gruben nahm einen Schluck Tee und schaute in den dunklen Garten hinaus. »In dem Jahr hatte ich Ihren Großvater auf einer Vernissage kennengelernt und verbrachte im Sommer einige Wochen bei euch. Danach haben wir uns nie wieder gesehen, obwohl wir immer in losem Kontakt miteinander standen.«

»Und nach all den Jahren hat mein Großvater Sie jetzt um Hilfe gebeten?« Johanna streckte die Hand nach dem Brief aus, der vor ihnen lag.

»Scheint so«, erwiderte er nachdenklich und schaute sie fragend an. »Ich dachte, Sie könnten mir vielleicht sagen, was es mit dem Bild auf sich hat, von dem er in seinem Brief spricht.«

»Keine Ahnung.« Sie hob ratlos die Schultern.

»Friedrich hat nichts erwähnt? Könnte es mit der Ausstellung zur Festwoche im Zusammenhang stehen?«, hakte er nach.

»Nein, davon wüsste ich. Diese Gemälde sind seit Langem im Besitz des Vereins. Und geplante Neuankäufe müssen immer mit dem Vorstand abgesprochen werden«, räumte Johanna ein. »Da ich dazugehöre, hätte ich es wissen müssen.«

Resigniert senkte Gruben den Kopf und blickte auf das beschriebene Blatt Papier. »Seine Zeilen klangen sehr dringend, doch ich weiß nicht, wo ich ohne Hilfe ansetzen soll.«

Jeder schien seinen eigenen Gedanken nachzuhängen. Die drückende Stille wurde nur durch das Ticken der Küchenuhr und Amadeus' beharrliches Schnurren durchbrochen. Richard Gruben bemerkte, wie müde Johanna aussah. Das alles musste ein schlimmer Alptraum für sie sein. Ihr Großvater war ermordet worden, in dem Haus, in dem sie aufgewachsen war. Und dann noch dieses fürchterliche Chaos. Da fiel ihm ein, dass er Johanna die ganze Zeit etwas fragen wollte. Suchend schaute er sich in der Küche um. »Wurde etwas gestohlen?«

»Ich denke, nicht. Auf den ersten Blick ist alles da, seine Bilder, der Schmuck, sogar Bargeld«, sagte sie mit fester Stimme. Gruben nickte und stand auf. Mit seiner Körpergröße von ein Meter fünfundachtzig stieß er beinahe an die sichtbaren Deckenholzbalken. Fürs Erste hatte er genug gehört und spürte, dass Johanna lieber allein sein wollte.

»Danke, dass Sie sich Zeit für mich genommen haben.« Er nahm seinen Mantel von der Stuhllehne und reichte ihr die Hand.

»Schon in Ordnung«, versicherte sie und erwiderte seinen festen Händedruck. Johanna begleitete ihn zur Tür. Plötzlich blieb sie stehen und starrte auf den quadratischen Wandkalender neben der Garderobe. Sie wirbelte herum und schaute ihn mit großen Augen an.

»Moment mal! Morgen Nachmittag trifft sich unser Vorstand in der ›Dünenklause‹. Vielleicht hat Friedrich dort mit jemandem über das Bild gesprochen.«

Geräuschvoll klapperten die Stricknadeln aneinander. Waltraut Mulsow wendete den blauen Wollpullover und nahm eine neue Masche auf. Jetzt im Winter, wo die Besucherströme erlahmten, blieb endlich Zeit dafür. Sie liebte diese Abende, wenn draußen ein kalter Wind um das Haus blies und im Wohnzimmer eine mollige Wärme herrschte. Doch heute konnte sie sich nicht so recht auf ihre Handarbeit konzentrieren. Ständig entglitt ihr der Wollfaden, und sie musste von Neuem beginnen. Seit Bert in der Nacht mit dem Professor aufgetaucht war, fühlte sie sich von einer inneren Unruhe getrieben. Warum musste ihr Neffe den Mann auch ausgerechnet hier unterbringen?

Friedrich Semmerings Tod berührte sie nicht sonderlich. Obwohl sie sich seit Ewigkeiten kannten, waren sie nie richtig warm miteinander geworden. Zugezogene hatten es immer schwer. Argwöhnisch beäugten die Dorfbewohner jeden, der nicht von hier war und ein Leben fernab aller Normen lebte. So war es auch bei den Semmerings. Anfang der siebziger Jahre hatten sie sich in Fahrenende niedergelassen und schienen das Leben für endlose Sommerferien zu halten. Zu DDR-Zeiten war das Pfarrhaus ein einziges Tollhaus gewesen. Voll mit Leuten, die sich für Künstler hielten und keine Ahnung hatten, was das wirkliche Leben ausmachte. Für die tägliche Arbeit der einfachen Leute im Ort schienen sie sich nicht sonderlich zu begeistern. Auch wenn Friedrich in der Kneipe Anschluss suchte und Interesse für die Einheimischen und ihre Probleme vorheuchelte. Nach ihrem Geschmack war der Alte immer ein wenig von oben herab gewesen. Oft ließ er den studierten, weltgewandten Künstler heraushängen. Zu oft. Damit hatte er sich im Dorf nicht viele Freunde gemacht. Aber Mord?

Johanna tat ihr leid. Gerade erst hatte sie sich mit Friedrich wieder versöhnt. Dieser unselige Streit. Aber dem Mädel blieb doch damals keine Wahl. Ihr Vater war nach seinem Unfall auf fremde Hilfe angewiesen. Was hätte sie tun sollen? Achim in Hamburg sich selbst überlassen? Der alte Kauz wollte das einfach nicht verstehen, warf ihr vor, dass sie ihr Leben verschwende. In der Malerei würden ihr alle Wege offen stehen. Er hatte ihr Vorhaltungen gemacht, Achim käme allein zurecht und bräuchte ihre Unterstützung nicht. Doch Johanna blieb hart und pflegte ihren Vater bis zum Tod. Kein Wort hatte der Starrkopf in all den Jahren mit ihr gewechselt. Nur weil er Achim hasste.

Waltraut ließ ihre Strickarbeit in den Schoß sinken, nahm die Fernbedienung und drehte die Lautstärke herunter. Werbung. Das laute Gejohle strapazierte ihre Nerven. Im Haus war alles still, der Professor war noch nicht daheim. Am späten Nachmittag hatte sie ihn ins Dorf gehen sehen. Er passte so gar nicht zu Friedrich Semmering – so höflich und so nobel gekleidet. Diese vornehme Distanziertheit imponierte ihr. Doch hinter seinen stahlblauen Augen nahm sie auch eine beharrliche Entschlossenheit wahr. Er würde Fragen stellen. Dinge so hinzunehmen, wie sie waren, war bestimmt nicht seine Art. Das spürte sie. Sie beschloss, gleich morgen mit Johanna über die Beerdigung zu sprechen und sie zu drängen, nicht allzu lange damit zu warten. Dann konnte der Professor endlich verschwinden.

Die Pensionsbesitzerin legte das Strickzeug beiseite und erhob sich aus ihrem Fernsehsessel. Heute hatte es keinen Sinn mehr, weiterzumachen. Sie schaltete den Fernseher ab und wandte sich zum Fenster, um die Vorhänge zu schließen. Finster und verlassen lag der Strandweg da. In den letzten Stunden hatte der Wind deutlich zugelegt. Die hohen, schlanken Kiefern des Küstenwaldes neigten sich bedrohlich hin und her. Sie musste nur aufpassen, dann würde alles gut.

22. Dezember

Ein scharfer Westwind fegte über die Dünen hinweg und ließ Richard Gruben erschauern. Er schlug den Kragen seines Mantels hoch und stemmte sich gegen die stürmischen Böen. Warum musste er bei diesem Wetter auch unbedingt den schmalen Pfad auf den Dünen nehmen und nicht wie jeder vernünftige Mensch den Weg hinter dem Küstenwald? Doch er hatte sein Ziel bald erreicht, in der Abenddämmerung sah er bereits das gräuliche Schilfdach aufschimmern. Die »Dünenklause« war nur noch wenige Meter entfernt. Da sie die einzige Kneipe direkt am Wasser war, konnte er sie auch nicht verfehlen. Waltraut hatte recht gehabt.

Beim Frühstück hatte Richard sich bei ihr erkundigt, wie er am besten dorthin gelangte. Bereitwillig hatte die alte Dame einen Ortsplan aus der Küchenschublade hervorgekramt und ihm den Weg erklärt. Anschließend war er auf sein Zimmer gegangen, um an dem Gutachten zu arbeiten, das er im Auftrag eines Museums in England erstellte. In den letzten Jahren hatte er sich auf der Insel als Experte für britische Gegenwartskunst einen Namen gemacht. Viele Auktionshäuser und Museen in Großbritannien beauftragten ihn mit der Anfertigung von Expertisen. Dieser durchaus einträgliche Zustand erfüllte ihn schon ein wenig mit Stolz. Nach stundenlangem Hocken vor seinem Laptop hatte er es für eine fabelhafte Idee gehalten, sich den Kopf am Meer freipusten zu lassen. Doch jetzt, während er hier oben gegen den heftigen Wind ankämpfte, war er sich dessen nicht mehr so sicher.

Nach zähem Kampf gegen diese rohe Naturgewalt hatte Richard die »Dünenklause« endlich erreicht und stieß in der Eingangstür mit einer großen, stämmigen Frau zusammen.

Schwarze, von Wimperntusche gefärbte Tränen liefen ihr über das faltige Gesicht, ungepflegt hing das dunkle, mit grauen Strähnen durchwirkte Haar herab. Mit weinerlicher Stimme stammelte die Frau eine Entschuldigung und verschwand nach draußen in den tosenden Wind.

»Schön, dass Sie da sind.«

Richard drehte sich um und schaute in Johannas braune Augen. Lächelnd lehnte sie mit verschränkten Armen im Türrahmen und musterte ihn von Kopf bis Fuß. Sie sah atemberaubend aus. Der blattgrüne Rollkragenpullover umschmeichelte ihren schlanken Körper, die langen Beine steckten in einer schmalen roten Jeans mit Reiterstiefeln. Richard musste gestehen, dass aus dem pausbackigen Teenager von damals eine bildschöne Frau geworden war.

»Ich hoffe, ich bin nicht der Grund dafür«, sagte er scherzend und zeigte fahrig Richtung Eingangstür.

»Das war Kerstin Ruhnke. Ihrem Mann Holger gehört die Bootswerft in der kleinen Bucht am Oststrand. Die Ruhnke-Werft existiert bereits in der dritten Generation«, erklärte Johanna. »Doch seit ein paar Jahren haben die beiden erhebliche Geldprobleme. Passiert nicht ein Wunder, stehen sie wohl vor der Insolvenz.«

»Eine Werft an der Ostsee? Ist das nicht eine Goldgrube?«

»In den ersten Jahren nach der Wende lief es gut bei den Ruhnkes. Doch die Zeiten sind härter geworden, und Holger hat sich finanziell übernommen. Kommen Sie, Professor Gruben, ich stelle Ihnen ein paar Leute vor«, sagte sie und öffnete die Tür zum Schankraum.

In dem maritim gestalteten Ambiente waren nur wenige Tische besetzt. Ein verliebtes Pärchen bei heißem Tee, um sich nach einem einsamen Strandspaziergang aufzuwärmen, ein älterer Wanderer mit einem schwarzen Labrador beim Studieren der Karte und zwei Kaffee trinkende Rentnerinnen mit Sahnetorte auf dem Teller. Beim Durchqueren der niedrigen Kneipe bemerkte Richard am Tresen zwei Einheimische. Sie trugen grüne Arbeitsjacken, schwere Stiefel und tauschten mit dem Wirt bei Bier und Schnaps Neuigkeiten aus. Im Vorbeigehen grüßte Johanna die Männer freundlich. Richard fiel auf, dass der jüngere der beiden, ein dürrer Rotschopf, sie argwöhnisch beäugte. Sein durchbohrender Blick schien förmlich an ihnen zu kleben. Weiter hinten, in einem weihnachtlich geschmückten Wintergarten, tagten die Leute vom Vorstand.

»Ich hatte euch ja von Professor Gruben erzählt, dem Freund meines Großvaters«, stellte Johanna ihn vor.

Um den langen Tisch verteilt saßen vier Männer und zwei Frauen. Einige nickten ihm höflich zu, andere musterten ihn misstrauisch. Ein kleiner, drahtiger Mann um die sechzig sprang von seinem Stuhl auf und reichte ihm überschwänglich die Hand. »Klaus Gravenhorst, ich bin der Ortsvorsteher von Fahrenende. Sie haben Glück, dass Sie uns noch antreffen, Professor Gruben. Wir warten bereits seit einer halben Stunde.« Irritiert schaute Richard den Mann an. Erwartete er etwa eine Entschuldigung? Gerade wollte er den Mann höflich zurechtweisen, als er sich noch rechtzeitig auf die Zunge biss. Die resolute Stimme des Ortsvorstehers ließ darauf schließen, dass er ein Mann war, der selten Widerworte duldete. Und schließlich wollte Richard etwas von ihm und nicht umgekehrt.

Ungeduldig deutete Gravenhorst mit der Hand auf den freien Platz am Kopfende. Der Professor nickte in die Runde und quetschte sich hinter der Stuhlreihe an der getäfelten Wand entlang, um sich zu setzen. Friedrichs Enkelin blieb am anderen Ende.

»Johanna hat uns Ihr Anliegen bereits vorgetragen. Doch leider hat sich Semmering niemandem von uns anvertraut und etwas von einem Bild erwähnt«, fuhr Gravenhorst bestimmt fort.

»Sollte es denn im Museum in naher Zukunft einen neuen Ankauf geben? Oder ist jemand an Sie herangetreten, der ein Gemälde zum Kauf angeboten hat?«, wollte Richard wissen.

Ein blonder Mann in seinem Alter schüttelte den Kopf. »Momentan lässt unsere Finanzlage das nicht zu. Die Gelder, die wir in den letzten Jahren mühsam angespart haben, sind für den Erweiterungsbau des Museums. Wir wollten im Frühjahr damit starten. Friedrich wusste das.«

»Möglicherweise bekam er eine Leihgabe angeboten«, warf der Ortsvorsteher ein.

»Das ergibt keinen Sinn. Für etwas, das uns nichts kostet, hätte Friedrich nicht die Zeit des Professors in Anspruch genommen«, widersprach Johanna.

Sie hatte recht. Semmerings Brief klang dringend, und er wollte seinen Rat, um keinen Fehler zu begehen. Richard glaubte zu wissen, wie der Alte tickte.

»Friedrich hatte viele Kontakte. Es wäre doch möglich, dass ein befreundeter Künstler seinen Rat wollte und er unsicher war in seinem Urteil«, räumte der Blonde ein.

»Das wäre durchaus denkbar«, bestätigte Richard den Einwand.

»Ist dir eventuell im Pfarrhaus das Bild eines anderen Künstlers aufgefallen?« Der Mann schaute Johanna fragend an.

»Nein, nein«, wies sie seine Frage ab. »Ich war gestern noch dort. Ein fremdes Bild hätte ich sofort bemerkt.«

»Vielleicht ging es ja um eines seiner eigenen Werke?« Eine Frau Ende vierzig mit fransigem Kurzhaarschnitt schaute fragend in die Runde.

»Dafür bräuchte er doch keinen Gutachter, Frau Grams.« Mit einem vernichtenden Blick unterbrach Gravenhorst sie streng. Gleichgültig verdrehte sie die Augen und lehnte sich betont lässig zurück. Verwundert stellte Richard fest, dass sie seinen barschen Tonfall wortlos über sich ergehen ließ.

Johanna rieb sich die müden Augen. »Wir kommen so nicht weiter. Aber danke, dass ihr euch die Zeit für uns genommen habt.«

Als hätten sie auf dieses Stichwort gewartet, erhoben sich alle. Laut polterten die Holzstühle über den hellen Fliesenboden. Richard schaute zum Tresen. Noch immer starrte der Rotschopf zu ihnen herüber, doch es ließ sich nicht mit Bestimmtheit sagen, ob sein unverfrorenes Interesse Semmerings Enkelin oder ihm galt. Der Mann schien wie hypnotisiert. Langsam drängelte Richard sich zu Johanna vor.

»Hat dich die Polizei schon informiert, ob es erste Hinweise auf den Täter gibt?«, hörte er die Frau mit der kupferroten Kurzhaarfrisur leise fragen. Mitfühlend legte sie Johanna die Hand auf den Oberarm. In ihrer langen sonnengelben Tunika und der weiten Pluderhose wirkte sie völlig fehl am Platz.

»Nein. Ich weiß noch nichts, nur dass es zwischen neunzehn und zwanzig Uhr passiert sein muss. Aber Bert wollte mich heute noch über den Stand der Ermittlungen auf dem Laufenden halten.«

»Wenn ich dir helfen kann oder du etwas brauchst, ruf mich an, ja?«

»Danke, Ute, das mache ich.«

Die beiden umarmten sich kurz, und die Frau verließ zusammen mit dem Ortsvorsteher und den anderen Vereinsmitgliedern das Lokal. Der Rotschopf am Tresen war verschwunden. Nur noch der blonde Mittvierziger stand neben Johanna.

»Ich komme die Tage bei dir im Atelierhaus vorbei, dann können wir über die Beerdigung sprechen«, versprach er mit ruhiger Stimme.

»Danke, Michael.«

Er hauchte einen Kuss auf ihre Wange und gab Richard die Hand. »Wir sehen uns sicher noch.«

Eilig griff er nach einer dunkelblauen Daunenjacke, streifte sie über und verschwand durch den Schankraum. Die beiden schauten ihm nach.

»In einem Dorf zählt die Gemeinschaft noch etwas. Schön, zu sehen, dass Sie so viel Hilfe bekommen«, stellte Richard anerkennend fest.

»Ja, wenn es darauf ankommt, ist jeder für den anderen da«, pflichtete Johanna ihm bei. »Doch auf meinen Bruder kann ich mich jederzeit verlassen.«

»Michael ist der Sohn meines Vaters aus erster Ehe. Als Kinder hatten wir so gut wie keinen Kontakt.«

Johanna und Richard waren auf dem Weg in ihr Atelierhaus. Damit sie den Windböen nicht so vehement ausgesetzt waren, nahmen sie den schmalen Weg hinter dem Küstenwald. Mittlerweile war es stockfinster, doch das spärliche Licht der Straßenlaternen leuchtete das graue Pflaster hell genug aus. Er hatte ihr angeboten, sie nach Hause zu begleiten. Ein wenig Eigennutz war durchaus dabei. Er fühlte sich wohl in ihrer Nähe, und die Aussicht auf Langeweile in der Pension deprimierte ihn.

»Ist Michael denn nicht in Fahrenende aufgewachsen?«, fragte Richard.

»Nein. Nach der Scheidung von meinem Vater ist seine Mutter mit ihm nach Rostock gezogen«, erklärte sie. »Wir haben uns erst wieder getroffen, als Achim vor zwölf Jahren einen Autounfall hatte. Mein Vater war von diesem Tage an auf Hilfe angewiesen, und ich bin zu ihm nach Hamburg gezogen. Michael kam oft vorbei, um mich bei der Pflege zu unterstützen.«

»Fiel es Ihnen nicht schwer, Fahrenende zu verlassen?«

»Doch, sehr sogar. Und Friedrich hat es mir dabei nicht gerade leicht gemacht.«

»Inwiefern?«

»Er konnte Achim nicht ausstehen. Mein Vater fuhr als Kapitän der Handelsmarine zur See«, begann sie mit bedrückter Stimme. »Nach dem Tod meiner Mutter wollte er seinen Beruf nicht an den Nagel hängen, also haben Friedrich und Martha mich großgezogen. Achim hat mich nur während seiner Urlaube hin und wieder besucht.«

»Wahrscheinlich sah Friedrich in ihm noch immer den Vater, der sein Kind im Stich gelassen hat.«

»Mag sein. Doch ich glaube, da war noch etwas anderes.«

»Er hat es Ihnen übel genommen, dass Sie zu ihm standen, obwohl Ihr Vater nie Interesse für Sie aufgebracht hat?«

»Ja, aber vor allem war Friedrich verbittert, dass ich das Studium an der Kunsthochschule in Berlin-Weißensee ausgeschlagen habe.«

Schweigend liefen sie eine Weile nebeneinanderher.

»Wo lebt Ihr Vater heute?«

»Er ist vor drei Jahren verstorben, darum bin ich auch wieder zurück. Hamburg wurde mir einfach zu laut, die einsamen, stillen Winter an der Ostsee haben mir gefehlt«, fuhr sie fort. »Michael lebte schon länger hier. Vor acht Jahren hat er das ehemalige Forsthaus gekauft und wiederhergerichtet. Er ist ein großartiger Architekt, Sie müssten seine Arbeiten sehen.« Sie kam regelrecht ins Schwärmen. »Sein jüngstes Projekt liegt zurzeit leider auf Eis. Michael hat ein größeres Grundstück gleich hinter der ›Dünenklause‹ gekauft und eine Marina mit Hafenterrasse und Geschäften geplant, nur leider hängt alles von dem Investor des neuen Yachthafens ab. Und der hält die Pläne für nicht erfolgversprechend.«

Richard fand die Vorstellung einer quirligen Flaniermeile etwas befremdlich. Fahrenende würde seine verschlafene Beschaulichkeit, für die er diesen Ort liebte, verlieren.

»Friedrich und Ihr Bruder im gleichen Verein? Das funktioniert?«, fragte Richard.

»Die Wut meines Großvaters richtete sich gegen unseren Vater. Michael wurde in seinen Augen ebenso zurückgelassen wie ich.«

Inzwischen standen sie vor einem kleinen reetgedeckten Haus mit weißen Sprossenfenstern. Hohe schwarze Kiefern, die sich rauschend im Wind neigten, ragten dahinter empor und verliehen dem Grundstück diesen besonderen Charme der Ostsee. Im matten Licht der Hoflampe angelte Johanna aus ihrer Handtasche einen Schlüsselbund und öffnete die blaue Haustür. Ein alter Bekannter lief ihnen munter entgegen und tänzelte schnurrend um Richards Beine. Amadeus. Richard ging in die Hocke und kraulte den Rotbart unterm Kinn.

»Machen Sie es sich doch bequem«, lud Johanna ihn ein, während sie die Haustür schloss. »Tante Waltraut hat mir heute Morgen einen riesigen Topf Hühnerbrühe vorbeigebracht. Möchten Sie?«

»Ja, danke. Sehr gerne.« Richard wurde schlagartig bewusst, dass er seit dem Frühstück nichts mehr gegessen hatte. Johanna lächelte und verschwand in der Küche.

Sorgsam legte er seinen Mantel über einen gebeizten Kiefernholzstuhl und sah sich in dem kleinen Haus um. Die weiß getünchten Räume waren mit einem hellen, gewachsten Holzfußboden ausgestattet. In den niedrigen Zimmern gab es einen Mix aus alten Möbeln und Dingen, die Johanna erst in den letzten Jahren hinzugefügt hatte. Im Wohnzimmer stand ein riesiger weißer Kachelofen. Mit der linken Hand strich Richard darüber, er war noch lauwarm.

Hinter der kleinen Stube erstreckte sich eine große verglaste Holzveranda. Plötzlich dämmerte ihm, warum es alle das Atelierhaus nannten. Die bodengleichen Fenster mussten am Tage einen wunderbaren Blick auf die Heide freigeben und ein unglaubliches Licht zum Malen einfangen. Ähnlich wie in Friedrichs Atelier standen unzählige gerahmte Bilder herum oder hingen dicht gedrängt an den Wänden. Er entdeckte einige ältere Ölgemälde mit Motiven von Strand, Kiefernwald und Meer. Vermutlich stammten sie von Johannas Mutter. Doch unweigerlich wurde Richard von den neueren Bildern angezogen. Atemberaubende Streifzüge durch die mecklenburgische Landschaft, aber in ihnen stand der Mensch im Mittelpunkt. Wettergegerbte Fischer beim Netzeflicken, spielende Kinder am Strand, einsame Wanderer in der Heide, ein Bootsbauer beim Schleifen eines Kutters. Die Lebendigkeit und Schönheit dieser Bilder faszinierte ihn. Das Licht der Farben wirkte so echt, als beobachtete man gerade die gemalte Szene.

Links unten befand sich die Signatur. Noch bevor er las, wusste er, von wem die Bilder stammen mussten. »JohT«. Schlagartig verstand er, warum ihre Entscheidung gegen ein Kunststudium Semmering so wütend gemacht hatte.

Ein leises Räuspern riss ihn aus seiner Faszination. Johanna stand im Türrahmen und lächelte zaghaft. Ihr langes Haar war zu einem lockeren Pferdeschwanz gebunden.

»Du hast unglaubliches Talent.« Richard hatte plötzlich das Gefühl, in ihre Seele geschaut zu haben. Das »Du« erschien ihm richtig.

»Danke«, murmelte sie kleinlaut und zeigte unsicher ins Wohnzimmer. »Wir können essen.«

Es war ihr sichtlich unangenehm, dass er in ihr Reich vorgedrungen war. Das Läuten an der Tür unterbrach ihre Verlegenheit.

»Schön, dass du noch vorbeigekommen bist, Bert.«

Johanna reichte ihm den dritten Teller mit dampfender Brühe. Amüsiert registrierte Richard, dass er nicht allein mit leerem Magen am Tisch gesessen hatte. Mulsow schlürfte genüsslich.

»Beim Kochen macht der Waltraut niemand etwas vor!«, lobte er überschwänglich die Suppe seiner Tante.

Johanna räumte das übrige Geschirr ab, entkorkte einen Chianti und goss die Weingläser voll. Der rote Kater saß auf der Fensterbank und starrte mit großen Augen in die Nacht hinaus.

»Hast du inzwischen im Atelier die Sachen deines Großvaters durchgesehen?«, erkundigte sich Mulsow.

»Ja. Gestern Nachmittag«, erwiderte Johanna.

»Und?«

»Nach meinem ersten Eindruck fehlt nichts. Zumindest waren seine Bilder und alles, was er sonst an Wertsachen besaß, noch da«, beteuerte sie.

»Was brachten denn Friedrichs Bilder so ein?«, fragte ihr Cousin neugierig.

»Nun ja, von den Auftragsarbeiten allein konnte er nicht leben, darum unterrichtete er bis vor einigen Jahren auch noch zeitweise an der Hochschule in Berlin.«

Mit einem auffordernden Blick bat Johanna Richard darum, ihr behilflich zu sein. Schließlich war er der Experte.

»Bei Auktionen wurde der Katalogpreis seiner Bilder recht unterschiedlich angesetzt«, ergänzte er ihre Angaben. »Je nach Arbeit, Maltechnik und Größe zwischen fünfhundert und zweitausend Euro.«

Mulsow nickte nachdenklich, während er den leeren Teller von sich schob. Die Antwort schien ihn nicht zufriedenzustellen.

»Weißt du, wann Friedrich für die Beerdigung freigegeben wird?« Mit unsicherem Blick schaute Johanna ihren Cousin an.

»Ich habe keine guten Nachrichten für dich«, entgegnete der Polizist und lehnte sich enttäuscht auf dem Sofa zurück. »Die Rechtsmedizin arbeitet momentan nur auf Sparflamme. Weihnachten …« Er hob resigniert die Schultern. »Den abschließenden Obduktionsbericht deines Großvaters werden wir erst nach den Feiertagen haben. Das bedeutet, er wird wahrscheinlich nicht vor nächster Woche beerdigt werden können. Tut mir leid.«

»Du kannst es ja nicht ändern, Bert«, beschwichtigte sie ihn.

»Und die Spurensicherung? Haben die irgendetwas im Pfarrhaus gefunden?«, schaltete Richard sich ein.

»Nein. Es gibt zwar jede Menge Fingerabdrücke, doch leider konnten wir sie bisher niemandem aus dem Polizeiregister zuordnen. Und die Tatwaffe war nicht auffindbar.«

Richard wunderte sich, dass Mulsow nach wie vor so bereitwillig Auskunft gab. Also bohrte er weiter.

»Habt ihr schon Zeugen ausfindig machen können?«

»Ja, da sind wir schon einen Schritt weiter. Die Putzfrau eurer Schule hat ausgesagt, sie wäre gegen siebzehn Uhr dreißig mit dem Rad nach Hause gefahren und hätte vor dem Eingang zur ›Kunstscheune‹ Semmering lautstark mit einem Mann streiten sehen«, antwortete Mulsow.

»Frau Peters?« Ungläubig blickte Johanna ihn an.

»Genau. Leider passt ihre Beschreibung auf so ziemlich jeden zweiten Mann. Groß, vierzig bis sechzig Jahre, dunkel gekleidet«, entgegnete er. »Du warst doch auch dort. Ist dir etwas aufgefallen?«

Johanna schüttelte den Kopf und schaute niedergeschlagen in ihr Weinglas. »Nein. Dieser Kommissar hat mich auch schon gelöchert. Ich habe von der Schule aus das Licht in seinem Atelier brennen gesehen und angenommen, dass

Friedrich an dem Ausstellungskatalog für unsere Festwoche arbeitet. Wäre ich doch nur noch einmal zu ihm hinübergegangen.« Ihre Stimme klang brüchig.

»Du konntest nicht ahnen, dass so etwas passiert.« Mulsow beugte sich auf dem Sofa vor und tätschelte ihr unbeholfen die Hand.

Richard nahm eine winzige Unsicherheit in ihrem Gesicht wahr, als wäre ihr etwas wieder eingefallen. Etwas Wichtiges. Doch er hielt sich zurück, er würde sie ein anderes Mal danach fragen.

Schwerfällig stand Mulsow von der Couch auf, zwängte sich in seine schwarze Lederjacke und wandte sich zum Gehen. Da schien auch ihm noch etwas einzufallen.

»Kanntest du eigentlich alle Arbeiten deines Großvaters?«

»Ich denke schon. Warum fragst du?«, wollte Johanna verwundert wissen.

»Im Zuge der Ermittlungen haben wir uns seine Kontobewegungen genauer angeschaut. Semmering hat vor drei Wochen ein Bild für achtzehntausend Euro verkauft.«

23. Dezember

Die Autotür knallte scheppernd ins Schloss. Wenige Sekunden später heulte der Motor auf, und Holger hörte, wie der Kastenwagen vom Hof rauschte. Wieder einmal hatten sie gestritten. Mit rot geweinten Augen hatte Kerstin am Küchentisch gehockt und ihm Vorhaltungen gemacht. Wo er sich die halbe Nacht herumgetrieben habe? Was er gedenke, wegen der Frist der Bank zu unternehmen? Warum in der Bootswerft seit Wochen kein neuer Auftrag eingehe? Vermutlich fuhr sie zu ihrer Mutter und würde sich dort über ihn ausheulen. Doch im Moment kümmerte es ihn überhaupt nicht.

Holger schlug die Tageszeitung auf. Im Regionalteil suchte er die Traueranzeigen durch. Noch immer nichts. Wann wird Semmering endlich beigesetzt? Je eher er unter der Erde ist und Gras über die Sache wächst, desto besser, dachte er zerknirscht.

Gestern beim Abendessen hatte Kerstin erzählt, sie habe Johanna in der »Dünenklause« getroffen. Die Polizei verfolge wohl noch keine konkrete Spur. Aber solange sie so unfähige Leute wie Bert Mulsow an den Fall dransetzten, hatte er nichts zu befürchten. Eine ganz andere Sache bereitete ihm Unbehagen. Am Morgen hatte Klaus Gravenhorst beim Bäcker herumposaunt, dass Mulsow zusammen mit einem Kunstprofessor den Alten tot aufgefunden habe, und dieser schnüffele nun herum und horche die Leute aus. Er hatte schon genug Probleme. Dass jemand hinter ihm herspionierte, konnte er nicht auch noch gebrauchen.

Richard Gruben parkte den Opel Astra neben einer alten Kastanie vor der Grundschule. Johanna hatte ihm ihren betagten Kombi geliehen, damit er am Vormittag in Rostock Besorgungen machen konnte. Sein Aufenthalt in Fahrenende hatte sich unerwartet verlängert, und deshalb benötigte er dringend winterfeste Kleidung.

Nachdem Bert gestern Abend aufgebrochen war, hatten sie beide noch lange beieinandergesessen. Aufgewühlt hatten sie darüber gerätselt, welches seiner Bilder Friedrich für so viel Geld verkauft haben könnte und ob er ihn deshalb nach Fahrenende gebeten hatte. Jedoch war das Geld bereits vor drei Wochen auf seinem Konto verbucht gewesen, der Verkauf musste also schon lange über die Bühne gegangen sein. Nichts passte zusammen. Leider erinnerte Mulsow sich nicht mehr an den Namen des Käufers. Jedoch hatte er Johanna versprochen, am nächsten Morgen in den Unterlagen auf dem Revier nachzusehen, ob es sich um ein Auktionshaus oder eine Privatperson handelte.

Als Richard das Atelierhaus kurz vor Mitternacht verließ, traf er den Entschluss, über Weihnachten zu bleiben. Die Beerdigung Semmerings fand nicht vor nächster Woche statt, und er würde eine zusätzliche Zugfahrt vermeiden. Doch wenn er ehrlich zu sich selbst war, wusste er nicht, was er sonst an den Feiertagen anstellen sollte. Seine Eltern liefen Ski in den Schweizer Alpen, und Charlotte erwartete ihn nicht. Per SMS hatte sie ihm gestern mitgeteilt, sie wolle ihre Schwester in Dortmund besuchen. Die Auszeit schließe ja anscheinend auch die Feiertage mit ein. Wieder ein stiller Vorwurf von ihr. Doch er würde sich an diese Auszeit halten.

Richard zog den Autoschlüssel ab, kramte aus den knisternden Einkaufstüten den neu erworbenen Schal heraus und schlug ihn um den Hals. Durch die beschlagene

Frontscheibe sah er in der Ferne einen älteren Mann aus dem Friedhofstor auf die leere Straße treten. Er trug ein braunes Tweedjackett und eine karierte Schiebermütze. Mit gesenktem Kopf stakste er in Richtung Ortsausgang davon. Der schleppende Gang verriet seine Trauer, offenbar hatte er vor Kurzem einen geliebten Menschen verloren. Der Mann erinnerte ihn an jemanden. Doch vermutlich sah Richard in ihm nur den Friedrich von vor sechzehn Jahren. Unweigerlich musste er an Johanna denken. Es war schwer genug, einen geliebten Menschen zu verlieren. Aber auch noch durch so ein brutales Verbrechen?

Sie hatten sich für vierzehn Uhr an der »Kunstscheune« verabredet. Johanna wollte ihm die Ausstellungsräume zeigen. Vielleicht fanden sie dort einen Hinweis auf das Bild. Richard schaute auf die Uhr im Armaturenbrett. Noch eine halbe Stunde bis zur verabredeten Zeit. Er beschloss, sich die Beine zu vertreten.

Der Wind hatte deutlich nachgelassen, doch die eiskalte Luft blies ihm beißend ins Gesicht. Über Nacht waren die Temperaturen weit unter den Nullpunkt gefallen, und noch immer herrschten Minusgrade. Nach kurzem Zögern schlug Richard den Weg zum Friedhof ein. Das hohe schmiedeeiserne Eingangstor stand offen. Suchend schaute er sich um. Irgendwo musste Martha Semmering liegen. Und bald nun auch Friedrich, dann wieder vereint mit seiner großen Liebe. Unschlüssig wandte Richard sich nach links. Leise knirschte der feine Kies unter seinen Füßen, während er sich zwischen den Gräbern umschaute. Hinter der Rückseite der Feldsteinkirche unter alten Kastanien entdeckte er das Grab, nach dem er suchte. Der Stein aus hellem, schwarz geadertem Granit war unbehauen. Ein schlichter Stein nur mit ihrem Namenszug. Friedrich liebte die Kargheit.

Da erinnerte er sich, dass auch Johannas Mutter auf diesem Friedhof begraben sein musste. Langsam schritt er durch die Reihen und suchte nach ihrem Namen. Im Augenwinkel fiel ihm ein weißer Marmorstein auf. Die schmale, glänzend polierte Grabstele passte so gar nicht auf einen mecklenburgischen Dorffriedhof. Davor, in einer grünen Erdvase, stand ein üppiger Strauß mit blauen Lilien. Richard trat näher und las die Inschrift:

Eva Trestorf
** 12. April 1960*
† 24. März 1983

Nachdenklich betrachtete er das Datum ihres Todes. Bei seinem letzten Besuch in Fahrenende war Johanna sechzehn Jahre alt. Er rechnete nach und stellte überrascht fest, dass sie gerade einmal zwei Jahre alt gewesen sein musste, als ihre Mutter starb. Allmählich dämmerte ihm, warum der alte Semmering mit ihrem Vater gebrochen hatte.

Ihm wurde kalt. Er zog den Schal fester und verließ schnellen Schrittes den Friedhof. Als er durch das Tor trat und in Richtung »Kunstscheune« steuerte, bemerkte er eine Radfahrerin, die ihm vage bekannt vorkam. Sie trug einen fuchsiafarbenen Parka mit Fellkragen. Um ihr kupferrotes Haar hatte sie sich ein breites gelbes Stirnband gebunden. An diesem tristen Dezembertag wirkte sie wie ein Paradiesvogel, der vom Kurs abgekommen war. Auf gleicher Höhe blieb sie stehen, stieg vom Rad und musterte ihn mit freundlichen Augen.

»Hallo Professor! Genießen Sie unsere gesunde Ostseeluft?«

»Um ehrlich zu sein, hatte ich leider noch nicht allzu viel Gelegenheit dazu«, gab er ihr zur Antwort. »Eigentlich treibt mich eher berufliches Interesse hierher. Ich bin auf dem Weg in die ›Kunstscheune‹.«

»Also immer im Dienst, was?«

Da fiel ihm ein, wo er die Frau schon einmal gesehen hatte. Gestern Nachmittag in der »Dünenklause« hatte sie sich sehr innig von Johanna verabschiedet. Ute. Ute Grams.

»Vielleicht entdecke ich ja das eine oder andere Schätzchen dort.«

Ihr freundlicher Blick verschwand für einen kurzen Moment. Richard bemerkte, wie sie nervös an ihrem Fahrradkorb spielte.

»Kommen Sie doch mal mit Johanna zu mir in die Töpferei. Keramikhof Grams, gleich an der Abzweigung zum Forsthaus. Auch ich beherberge ein paar Kunstwerke in meiner kleinen Werkstatt.« Ihr Lachen klang plötzlich künstlich.

»Danke für die Einladung. Ich muss dann mal weiter. Johanna wartet auf mich«, sagte er entschuldigend. »Bis bald.«

»Auf Wiedersehen, Professor.« Eilig kletterte sie auf das Fahrrad und setzte ihren Weg fort. Richard beschlich das Gefühl, dass sie förmlich vor ihm flüchtete.

»Also, was denkt der Experte? Können wir uns mit der ›Kunstscheune‹ in der internationalen Szene einen Namen machen?« Johanna fixierte Richard Gruben prüfend von der Seite. Sie standen in dem schmalen Raum, den der Verein als eine Art Multifunktionsraum nutzte: Besucherbüro, Lager, Werkstatt. Ein paar Dutzend Bilder lehnten an der langen, mit roten Ziegelsteinen ausgemauerten Fachwerkwand, offenbar ohne große Achtsamkeit dort hingestellt.

Gedankenversunken weilte der Professor vor der »Meeresschönheit«, einem Ölgemälde von Max Kehrendorff aus dem Jahre 1910. Die leuchtenden, ausdrucksstarken Farben zogen den Betrachter sofort in ihren Bann. Anmutig schritt eine junge Frau ins klare, seichte Ostseewasser und steckte dabei das lange Haar hoch. Das Bild strahlte eine unglaubliche Ruhe aus. Bis vor Kurzem hatte sich die »Meeresschönheit« für mehrere Monate bei einem befreundeten Restaurator befunden und war erst vor ein paar Wochen von ihrem Großvater zurück in die Ausstellung geholt worden. Doch leider lagerte es noch immer vergessen in diesem Raum.

Johanna hatte Gruben durch die Räumlichkeiten der »Kunstscheune« geführt und verspürte einen gewissen Stolz. Er schien sichtlich beeindruckt. Mittlerweile beherbergte der kleine Verein an die sechzig Bilder in dem Museum, darunter viele Leihgaben. Doch in den letzten Jahren war es ihnen immer häufiger gelungen, einige der Gemälde und Grafiken als Eigenbesitz zu erwerben. Friedrich hatte daran einen großen Anteil besessen.

Stirnrunzelnd drehte sich Gruben um und schaute Johanna erstaunt an. »Damit seid ihr auf dem besten Wege, euch längerfristig zu etablieren.« Er deutete mit dem Kopf auf die »Meeresschönheit«. »Unglaublich, dass ihr die Gelder dafür freimachen konntet.«

»Ich verstehe nicht, was du meinst«, antwortete sie sichtlich irritiert.

»Ihr seid ein sehr junges Museum, dem ein kleiner Verein vorsteht. Nach meiner Einschätzung handelt es sich bei vielen der Bilder um Leihgaben, und die Werke, die in eurem Besitz sind, haben schätzungsweise hundert bis dreitausend Euro gekostet.«

»Ja, und? Worauf willst du hinaus?« Sie verstand noch immer nicht.

»Nun ja, mein Fachgebiet ist die britische Gegenwartskunst …«

Ungeduldig verdrehte Johanna die Augen.

»Was ich sagen will, ich bin auf dem Gebiet der deutschen Künstlerkolonien nicht so stark involviert. Doch ein Max Kehrendorff ist sicher auf keiner Auktion unter vierzehntausend Euro zu haben.«

Ungläubig wandte Johanna den Blick von ihm ab und starrte entgeistert auf die »Meeresschönheit«.

»Bist du dir sicher?«

Gruben nickte stumm.

»Das Bild stammt von einem Ehepaar aus Bayern. Friedrich ist im Frühjahr dorthin gereist, um es für unser Museum zu erwerben. Anschließend brachte er es dann zu einem Restaurator, der ihm wohl noch einen Gefallen schuldete, und seit etwa einem Monat steht die ›Meeresschönheit‹ wieder hier«, erklärte sie mit verunsicherter Stimme. »Aber soweit ich mich erinnere, belief sich die Summe auf tausendfünfhundert Euro.«

»Mehr nicht?« Gruben schaute sie skeptisch an.

»Nein ... ich habe vor Friedrichs Abreise noch mit Michael über den Betrag gesprochen. Mein Bruder ist unser Finanzverwalter und dreht jeden Cent zweimal um, bevor er Geld für etwas lockermacht.«

»Dann gibt es sicher auch Unterlagen zu dem Ankauf. Wir könnten doch mal einen Blick darauf werfen.«

»Du hast recht. Lass uns im Büro nachsehen«, antwortete sie. »Die Kaufpapiere müssen dort sein.«

***

Das Büro, kaum zwölf Quadratmeter groß und mit einem winzigen Fenster, lag im Dachgeschoss. Johanna saß am Schreibtisch, eingezwängt zwischen Pappkartons und alten, modrigen Holzrahmen.

Hektisch blätterte sie in einem dicken, abgegriffenen Aktenordner. Richard Gruben lehnte an der Wand gegenüber. Das Rascheln der Papiere war das einzige Geräusch, das zu hören war.

»Da ist er!« Ruckartig richtete sie sich auf und hielt triumphierend ein DIN-A4-Blatt in die Höhe. Gruben kam näher und schaute auf das Schriftstück in ihren Händen.

Kaufvertrag
zwischen
der »Fahrenender Kunstscheune« und Wolfgang Fischbacher

»Meeresschönheit« von Max Kehrendorff
Kaufpreis: 1500 €

»Genau die Summe, die Michael mir genannt hatte.« Johanna blickte zu Gruben auf. »Hier steht es schwarz auf weiß.«

»Der Betrag ist geradezu lächerlich.« Gruben schüttelte argwöhnisch den Kopf.

»Als Friedrich dem Vorstand vorschlug, das Gemälde zu erwerben, hat er darauf hingewiesen, dass es beschädigt sei und noch restauriert werden müsse«, warf sie ein. »Ich denke, das könnte den niedrigen Kaufpreis erklären.«

Noch immer starrte Gruben ungläubig auf das Stück Papier.

Johanna grübelte, was in seinem Kopf vorging. Da er nichts sagte, nahm sie die Unterhaltung wieder auf.

»Kehrendorff ist, soweit ich weiß, doch gerade einmal achtundzwanzig Jahre alt geworden. Mir war nicht bewusst, dass er ein so umfassendes und vor allem begehrtes Werk hinterließ.«

»Das ist es ja! Sein Nachlass blieb bis vor Kurzem völlig unbekannt. Es gab kaum konkrete Vorstellungen von seinem Werk, da sich die Bilder fast ausschließlich in Privatbesitz befanden«, erklärte er. »Erst nach und nach haben sich seine Bilder der breiten Öffentlichkeit erschlossen, und seine Arbeiten wurden immer begehrter. Kehrendorff gilt als einer der ersten regionalen Künstler, der durch seine großzügige, flächige Malweise bereits früh die klassische Moderne vertrat.«

»War meinem Großvater bewusst, was er da für ein Juwel aufgestöbert hat?«

»Davon bin ich überzeugt. Die Frage ist, ob dieser Fischbacher auch Bescheid wusste.«

Johanna musterte ihn argwöhnisch. »Wenn dem Mann die Bedeutung von Kehrendorffs Werk bekannt war, warum sollte er das Bild dann unter Wert verkaufen?«

»Hat er das denn?« Gruben hob vielsagend die Augenbrauen.

Plötzlich verstand sie, worauf er hinauswollte.

»Du denkst, Friedrich ist einer Fälschung aufgesessen?«

»Dein Großvater glaubte, in Fischbacher einen ahnungslosen Besitzer aufgestöbert zu haben, und nutzte unverfroren die vermeintliche Gelegenheit, das Gemälde für einen sehr günstigen Preis zu erwerben. Wiederum wusste dieser Mann, was er da wirklich besaß«, fabulierte er seinen Gedanken weiter. »Eben nur eine Kopie der ›Meeresschönheit‹.«

Für Johanna fügten sich die Puzzleteilchen Schritt für Schritt zusammen, Friedrichs Unruhe in den letzten Tagen, sein Brief an Richard, das Chaos im Pfarrhaus. Aber Mord?

»Und mein Großvater hat nicht erkannt, dass es sich um eine Fälschung handelte, am Holz oder an der Leinwand?«

»Kunstfälscher benutzen häufig drittklassige Werke aus einer bestimmten Kunstepoche und übermalen die Leinwand mit dem Bild eines Künstlers dieser Zeit. Über die Leinwand kann das Gemälde dann kaum noch enttarnt werden. Heutzutage ist es fast unmöglich, ohne technische Geräte herauszufinden, ob es ein Original ist.«

»Aber irgendwie muss Friedrich dahintergekommen sein, dass dieser Fischbacher ihn übers Ohr gehauen hat. Vielleicht durch den Restaurator.«

»Ich denke nicht, dass das Bild restauriert wurde. Wäre ein Restaurator damit beauftragt gewesen, hätte der Verein sicher schon längst von der Sache Wind bekommen. Viel plausibler erscheint mir die Möglichkeit, dass Friedrich, wie auch immer, im Nachhinein selbst darauf gekommen ist. Er wird in den letzten Wochen versucht haben, sein Geld zurückzubekommen.«

»Warum hat er sich mir nicht anvertraut?«

Gruben zuckte ratlos mit den Schultern. »Gekränkte Eitelkeit, falsche Scham?«

Langsam stand Johanna von ihrem Platz auf, heftete den Vertrag wieder in den Ordner und klappte den Deckel zu.

»Kannst du feststellen, ob es sich bei dem Bild um eine Fälschung handelt?« Sie schaute Richard fest in die Augen. Es überraschte sie, dass sein Blick sie irritierte.

»Wie gesagt, Gewissheit ist nur mit technischen Hilfsmitteln zu erzielen. Röntgenfotografie wäre in diesem Fall das beste Mittel. Durch sie bekommt man konkrete Aussagen zum Malgrund, zur Pinselführung oder den Farbschichten. Doch vor allem ermöglicht diese Technik, den Malverlauf detailliert zu untersuchen. Künstler sind bei der Entstehung ihrer Werke ständig auf der Suche nach dem richtigen Ausdruck, sie übermalen oder korrigieren ihre Bilder häufig. Gefälschte Ölgemälde weisen diese unterschiedlichen Schaffungsperioden nicht auf. Aber das weißt du sicher«, fügte er lächelnd hinzu. »Ein alter Studienfreund arbeitet in einem Hamburger Museumslabor. Der ist ganz besessen von solchen *Fakes*. Vielleicht kann er sich unsere ›Meeresschönheit‹ einmal ansehen. Ich wollte ohnehin bei ihm vorbeischauen.«

Johanna nickte dankbar. »Das bleibt fürs Erste aber unter

uns. Wenn wir das genaue Ergebnis in den Händen halten, kann ich den Vorstand immer noch informieren. Offiziell sage ich, dass du das Bild noch einmal bei einem Restaurator reinigen lässt«, schlug sie vor. »Reicht es aus, wenn ich den Kehrendorff morgen früh zu dir in die Pension bringe?«

»Sicher, kein Problem. Ich werde Markus später anrufen und ihn bitten, das Gemälde dazwischenzuschieben.«

Sie verließen das kalte Büro und stiegen die steile Treppe ins Erdgeschoss hinab. Johanna schwirrte der Kopf. Warum hatte Friedrich nur darüber geschwiegen? Sie hatten sich doch immer alles erzählt. Allerdings, bevor sie nach Hamburg geflüchtet war. Sie wollte es sich nie wirklich eingestehen, doch es war etwas kaputtgegangen zwischen ihnen.

Dennoch hoffte sie, Richards Verdacht würde sich nicht bestätigen.

Panisch zappelte der fette Karpfen in der Plastiktüte, die kräftige Schwanzflosse klatschte ruckartig hin und her. Erstaunlich, wie viel Reserven so ein Tier aufbringen konnte, dachte sie. Aber erging es nicht jedem so, wenn einem die Luft unausweichlich abgeschnürt wurde?

Waltraut Mulsow packte den Griff noch fester. Schmerzend schnürten sich die Plastikhenkel in die Haut, die Hände waren fast starr vor Kälte. Den ganzen Weg von Fischer Jessen war sie gelaufen. Normalerweise tat ihr Bewegung an der frischen Luft gut, und sie liebte es, zu wandern. Vor allem so wie jetzt, wenn der Ort im Dunkeln lag und jeder in seiner Anonymität verschwinden konnte. Doch heute fielen ihr die Schritte schwer. Die kalte Luft schnitt scharf mit jedem Atemzug.

Bert liebte seinen »Karpfen blau« am Heiligabend. Und Waltraut liebte es, ihren Neffen zu verwöhnen. Da seine Frau Katja sich gerne um das Kochen drückte, war es in den letzten Jahren zur geliebten Tradition geworden, dass sie den Abend zusammen in der Pension verbrachten. Doch dieses Jahr war alles anders, die Vorfreude wollte sich einfach nicht einstellen. Beim Frühstück hatte ihr der Professor mitgeteilt, er wolle noch über die Feiertage bleiben. Ob es für sie in Ordnung wäre? »Natürlich, herzlich gerne!«, log sie ihm ins Gesicht. Ihre Hoffnung auf ein Begräbnis Semmerings noch vor den Festtagen hatte sich zerschlagen. Also blieb er. Sicher, das Geld konnte sie gut gebrauchen. In der Nebensaison kamen kaum zahlende Gäste nach Fahrenende. Außer dem eisigen Wind der Ostsee gab es hier nichts im Winter. Doch ihr wäre wohler, wenn er verschwinden würde.

Als sie den Dorfplatz überquerte, hörte sie von Weitem jemanden ihren Namen rufen.

»Waltraut! Bitte bleibe kurz stehen, ich muss mit dir sprechen.«

Die Pensionsbetreiberin schaute nach rechts und sah Kerstin Ruhnke aus der Bäckerei treten. Mit der einen Hand hielt sie ihre mausgraue Wolljacke am Kragen zu, mit der anderen umklammerte sie eine braune Handtasche. Ihr grauer Kurzhaarschnitt wirkte strähnig und ungepflegt. Unter ihren stumpfen Augen lagen dunkle Schatten.

»Wir haben uns lange nicht gesehen. Wie geht es dir?«, erkundigte sie sich höflich. Ein wenig zu höflich, mutmaßte Waltraut.

»Danke. Du weißt, Jammern bringt nichts«, gab sie misstrauisch zurück.

»Das mit Friedrich Semmering ist ja ungeheuerlich. Wer tut denn so was? Mord in unserem kleinen Dorf.« Sie fiel also gleich mit der Tür ins Haus.

»Ja, schlimm ist das. Für Johanna tut es mir besonders

leid.« Waltraut schaute auf die Uhr, um der Frau gegenüber ihre Eile zu signalisieren.

Doch diese ließ sich nicht abwimmeln.

»Weiß Bert denn schon etwas Genaueres?«

»Kerstin, du kannst dir doch denken, dass er nicht über seine Arbeit sprechen darf. Auch mit mir nicht«, brauste sie leicht gereizt auf. Sie musste sich beherrschen, die Ruhnke nicht einfach stehen zu lassen.

»Aber dein Bruder Achim und der alte Semmering waren doch miteinander verwandt.«

»Das heißt noch lange nicht, dass es mich deshalb übermäßig interessiert«, gab sie bissig zurück.

Diese penetrante Frau steckte ihre Nase in alles, was sie nichts anging. Waltraut würde den Teufel tun, dieser wandelnden Dorfzeitung ihre persönlichen Gefühle zu offenbaren. Gab es im Hause Ruhnke nicht genug eigenen Dreck beiseitezukehren?

»Wie läuft es auf eurer Werft? War es ein erfolgreiches Jahr?« Sie setzte den Stich gezielt dort, wo es die andere am meisten traf.

Kerstin Ruhnke blickte betreten zu Boden. »Wer kann in diesen Zeiten schon von erfolgreichen Geschäften sprechen? Holger tut, was er kann«, stammelte sie leise.

Das Zappeln des Karpfens erinnerte Waltraut an ihr eigentliches Vorhaben. »Ich muss weiter. Ein frohes Fest.«

»Danke, wünsche ich dir auch.« Die Frau des Bootsbauers wandte sich zum Gehen. Da fiel ihr noch etwas ein. »Ach, du hast ja über die Feiertage einen Gast in der Pension.«

Es überraschte sie nicht, wie gut die Ruhnke mal wieder informiert war. »Ja, und?«

»Klaus Gravenhorst meinte, er quetscht alle möglichen Leute über ein Bild aus.«

Das beklommene Gefühl in der Brust explodierte, ein leichter Schwindel erfasste ihren Körper. Angsterfüllt schnappte Waltraut nach der rettenden Luft. Sie musste sich zusammenreißen. Vor dieser Person durfte sie nicht ihre Schwäche offenbaren.

»Der Professor ist ein zuvorkommender Gast. Was er hier treibt, geht mich nichts an.«

Schwungvoll drehte sie sich auf dem Absatz um und bog eilends in den Strandweg ein. Der fette Karpfen strampelte weiter unermüdlich um sein Leben.

24. Dezember

Richard erwachte früh. Durch die dicken, schweren Vorhänge schimmerte noch immer kein Tageslicht. Er rollte sich auf die Seite, schaltete die Nachttischlampe ein und blickte auf seine Armbanduhr. Sieben Uhr acht. Erschöpft ließ er sich wieder auf den Rücken fallen. Die halbe Nacht hatte er sich hin und her gewälzt. Seine Gedanken kreisten um die Eindrücke der letzten Tage. Der Mord an Friedrich musste mit dem Gemälde in der »Kunstscheune« im Zusammenhang stehen. Es gab einfach keine andere Erklärung. Doch wonach hatte sein Mörder im Pfarrhaus gesucht, wo das Gemälde doch in der »Kunstscheune« war?

Dass man Semmering eine Fälschung untergeschoben hatte, wunderte ihn nicht. Mittlerweile war der Kunstmarkt überschwemmt mit Kopien jeglicher Art von Malerei. In seiner täglichen Arbeit als Gutachter wurde er immer wieder damit konfrontiert. Doch warum hatte der Alte die ganze Geschichte verschwiegen, statt sich jemandem anzuvertrauen? Einerseits waren tausendfünfhundert Euro eine stolze Summe für einen kleinen Verein, andererseits bestand doch dadurch keine existenzielle Gefahr für das Museum. Oder in Fahrenende hielt jemand aus einem bestimmten Grund dicht.

Am gestrigen Abend hatte Richard noch zwei Telefonate mit Kollegen aus dem Sachverständigenverband geführt. Er wollte in Erfahrung bringen, ob ihnen aus internen Quellen der Name Fischbacher untergekommen war. Beide verneinten die Frage, wollten aber Augen und Ohren offen halten. Auch seine Recherche im Internet war ohne jeglichen Erfolg geblieben. Die größte Unbekannte waren jedoch nach wie vor die achtzehntausend Euro auf Friedrichs Bankkonto.

Was hatte Semmering nur verkauft? Dass jemand für eines seiner eigenen Gemälde einen so hohen Betrag ausgab, war mehr als unwahrscheinlich. Selbst wenn Mulsow sich den Namen des Käufers gemerkt hätte, würde er nicht vor dem neuen Jahr an Informationen kommen. Viele Auktionshäuser hatten über den Jahreswechsel geschlossen, und seine eigenen Kontakte halfen ihm in diesem Fall nicht weiter, da er als Experte für den englischen Kunstmarkt überwiegend mit dort ansässigen Auktionatoren zu tun hatte. Natürlich mochte Friedrich auch ein Bild an eine Privatperson verkauft haben, doch seine Intuition sagte ihm, dass dies eher unwahrscheinlich war.

Richard setzte sich auf. Hinter seinen Schläfen pochte es merklich, an Schlaf war nicht mehr zu denken. Frische, klare Luft würde helfen. Sobald das erste Tageslicht hereinbrach, wollte er am Strand sein und neue Energie tanken.

***

Malerisch trafen die ersten Sonnenstrahlen des Tages auf die windstille Ostsee. Ein bizarres Farbenspiel in zartem Rosa und hellem Blau ergoss sich über die glitzernde Wasseroberfläche. Wenige Augenblicke später zeigte ein klarer stahlblauer Himmel einen frostigen Tag an.

Richard Gruben stapfte mit schweren Schritten durch den feuchten Sand. Er fühlte sich besser. Die marternden Gedanken der Nacht verblassten, und der feine Sprühregen der Brandung strömte wohltuend durch seine Lungen. Seit einer halben Stunde wanderte er den Strand entlang. Von der hohen Steilküste mit ihren bewaldeten Pfaden, vorbei an einem gewaltigen Felsvorsprung, der majestätisch in die Ostsee ragte, bis zu der kleinen Bucht am Oststrand.

In der Ferne konnte er einen kleinen Bootshafen ausmachen. Leer und verlassen lag die hölzerne, marode Steganlage da. Am Ufer stapelten sich klobige Holzbohlen, alte Fässer und zerschlissene Autoreifen. Alles wirkte chaotisch und ungepflegt. Ein paar Meter weiter erhob sich auf einer leichten Anhöhe ein größeres, hallenartiges Gebäude. Davor reihten sich neun bis zehn aufgebockte Boote aneinander. Blaue Abdeckplanen schützten sie vor dem Winter. Als er näher kam, stellte er verwundert fest, dass die Halle vor ein paar Jahren modernisiert worden war, doch das restliche Areal träumte von besseren Zeiten. Dies musste die Bootswerft der Ruhnkes sein, die Johanna in der »Dünenklause« erwähnt hatte. Tatsächlich entdeckte er kurz darauf das blank glänzende Schild über dem Eingangstor: »Bootswerft Ruhnke – Yacht- und Bootsbau«. Als junger Mann war Richard mit seinem Vater häufig gesegelt, die Ostsee hoch bis Skagen, nach Schweden oder Bornholm. Doch mittlerweile nahm seine Arbeit einen zu großen Raum ein, für Freizeit blieb kaum Platz. Sein Vater schipperte, wenn überhaupt, nur noch allein in der Flensburger Förde herum. Doch für nächstes Jahr planten Vater und Sohn eine längere Tour auf der Ostsee.

Richard schlug den sandigen Weg zur Halle ein und blickte sich um. Verlassen parkte ein grüner Pick-up in der Auffahrt, durch das offene Seitenfenster dröhnte aus dem Radio Chris Reas »Driving Home for Christmas«. Doch auf dem weitläufigen Gelände war niemand zu sehen. Richard bemerkte, dass das große Tor der Werfthalle einen Spalt offen stand, und ging darauf zu. Im gleichen Augenblick trat ein kräftiger Mann Mitte fünfzig aus der Halle. Über dem Blaumann trug er eine dicke graue Steppweste, die ihn noch kraftstrotzender erscheinen ließ. Die braune Wollmütze hatte der Mann tief ins Gesicht gezogen. Als er Richard entdeckte, blieb er abrupt stehen.

»Kann ich irgendwie helfen?« In seiner tiefen Stimme schwang ein unterschwelliges Misstrauen mit.

»Entschuldigen Sie, dass ich hier so reinplatze!« Allmählich schien es bei ihm Gewohnheit zu werden, ungefragt in anderer Leute Privatsphäre einzudringen. »Ich habe die Schwimmstege unten am Hafen gesehen. Mein Vater und ich planen einen Segeltörn von Flensburg nach Rügen. Besteht die Möglichkeit, hier im Sommer festzumachen?« Richard kam näher. Der Mann überragte ihn um einiges.

»Möglich ist das. Bei uns gibt's aber kein Schickimicki mit WLAN und Waschmaschine, nur Strom und Wasser«, sagte sein Gegenüber kurz angebunden. »Wie groß is'n das Boot?«

»Eine kleine Yacht, zehn Meter lang, drei Meter zwanzig breit. Tiefgang ein Meter siebzig«, antwortete er.

»Das passt.«

Richard wartete, dass er noch etwas sagte. Doch der andere blieb stumm, musterte ihn argwöhnisch. Der Professor ließ seinen Blick über die ruhige Ostsee gleiten. Am nördlichen Horizont blieb er hängen.

»Sagen Sie, bis zur dänischen Küste, wie lange braucht man da?«

»Mit der Yacht, oder wollen Sie schwimmen?«

Entgeistert starrte er den Mann an.

»Sie sind nicht von hier, oder? Ich meine, aus dem Osten.«

»Nein. Aus Münster.« Doch das schien sein Gegenüber nicht sonderlich zu interessieren.

»Von hier wollten damals viele rübermachen, bis Gedser sind es knappe fünfzig Kilometer.« Plötzlich wurde der Mann gesprächig. »Die sind mit dem Schlauchboot gepaddelt oder in Neoprenanzügen geschwommen. Doch die armen Teufel wurden oftmals schon an Land festgenommen.«

»Aber man hat doch auch gehört, dass einigen die Flucht geglückt war?«

»Ja, ja. Stimmt schon. Mancher hatte Glück und hat es bis drüben geschafft. Oder eine Fähre hat ihn rausgefischt.«

Mit leerem Blick starrte der Mann durch ihn hindurch. Die Bilder aus der Vergangenheit schienen ihn einzuholen.

»Nur manchmal … da blieben sie spurlos verschwunden …«

Richard wollte zu einer Frage ansetzen, da ertönte im Hintergrund eine dröhnende Stimme. »Chef, kannste mal kommen?«

In der Auffahrt neben dem Pick-up winkte ein schlaksiger Rotschopf hektisch mit dem Arm. Richard brauchte einen winzigen Moment, bis ihm einfiel, woher er ihn kannte. Es war der junge Mann, der ihn in der »Dünenklause« so herausfordernd angestarrt hatte.

»Was ist denn los?«, brüllte sein Gesprächspartner zurück.

»Fischer Jessen treibt mit einem Motorschaden vor Prerow. Du musst unbedingt rauskommen.« Der Rothaarige hob mittlerweile beide Arme.

»Ist ja gut, Sören! Ich komm doch schon.« Er wandte sich wieder Richard zu. »Wenn Sie wollen, kann ich mir Ihren Namen für den Sommer schon mal vormerken. Ich bin hier der Hafenmeister. Holger Ruhnke.« Er streckte seine ölverschmierte Pranke aus.

Gruben streifte die Lederhandschuhe ab und erwiderte den Händedruck. »Ich gebe Ihnen meine Karte, dann haben Sie gleich die Telefonnummer und was Sie sonst noch so benötigen.« Er zog seine Brieftasche hervor und reichte dem Mann die Visitenkarte.

Stumm starrte der Werftbesitzer für einige Sekunden darauf, alle Farbe wich aus seinem Gesicht. Plötzlich lachte er bitter auf und ließ Richard einfach wortlos stehen.

Johanna klappte die Sonnenblende hinunter und prüfte ihr Make-up im Kosmetikspiegel, wobei ihr eine Haarsträhne ins Gesicht fiel. Sie löste das Zopfgummi ihres Pferdeschwanzes und ließ das Haar locker auf die Schultern fallen. Ob Richard schon beim Frühstück war?

Nachdem sie sich gestern im Museum verabschiedet hatten, war sie noch einmal ins Pfarrhaus hinübergegangen. In finanziellen Dingen herrschte bei ihrem Großvater immer die größte Sorgfalt. Übertrieben pingelig hatte er stets sogar die unwichtigsten Unterlagen abgeheftet und geordnet. Johanna hatte gehofft, irgendeinen Hinweis zu finden, einen Kaufvertrag, Quittungen, ein Exposé ... aber nichts. Die beträchtliche Summe auf seinem Bankkonto blieb schleierhaft.

Sie blickte durch das Seitenfenster ihres Kombis. Verträumt stand die »Silbermöwe« mit der roten Backsteinfassade in der kalten morgendlichen Dezembersonne. Hinter den blauen Küchenvorhängen hantierte Tante Waltraut bereits emsig herum. Obwohl Johanna nicht in ihre Töpfe spähen konnte, wusste sie, was bald darin schwimmen würde. Jedes Jahr am Heiligabend kam »Karpfen blau« auf den Tisch, doch im Hause einer Fischersfrau erwartete auch niemand etwas anderes. Waltraut hätte es gerne gesehen, dass sie zusammen mit ihr und Berts Familie in der Pension feiern würde. Aber sie wollte den Abend mit Michael verbringen, so, wie es bereits seit Langem verabredet war. Neugierig hob Johanna den Kopf, im Obergeschoss lagen die Fremdenzimmer. Nirgends brannte Licht.

Die »Meeresschönheit« lag sicher verschnürt im Kofferraum. Am frühen Morgen hatte sie das Gemälde für die Reise nach Hamburg sorgfältig verpackt und hoffte inständig, Richards Vermutung würde nicht zur Gewissheit werden. Die Fälschung war ihr dabei völlig egal, der Verein würde den finanziellen Verlust verkraften. Friedrichs

Schweigen saß tiefer. Er hatte ihr nicht verziehen. Seit sie wieder zurück in Fahrenende war, hatte sie seine Enttäuschung gespürt. Obwohl er niemals ein Wort darüber verloren hatte, las sie es in seinen Augen. Ihr Leben und Talent weggeschmissen für einen Vater, der nie mehr Gefühle aufbringen konnte, als sich mit Postkarten und hin und wieder einem kleinen Päckchen zum Geburtstag zeigen ließen. Doch ihre Entscheidung war richtig gewesen. Friedrich hatte ihr damals die Luft zum Atmen genommen. Ihr Leben im Voraus geplant und strukturiert … Studium, Ausstellungen, Schaffensreisen. All das, was seinem Leben einen Sinn gab. Doch das war nicht ihr Traum. Das Leben in Hamburg bei ihrem Vater Achim hatte ihr plötzlich die Möglichkeit geboten, sich aus Friedrichs Umklammerung zu lösen. Und nun war er tot. Die Tür zu einer Versöhnung für immer zugeschlagen.

Ein Klopfen an der Beifahrerseite ließ sie zusammenzucken. Nach dem ersten Schreck drückte sie erleichtert den Fensterheber hinunter. Richard Gruben lachte sie mit verfrorenem Gesicht an. »Guten Morgen! Ich denke, wir könnten jetzt beide einen starken Kaffee vertragen. Du, um munter zu werden, und ich, um aufzutauen.«

***

»Bei dieser Kälte bist du wirklich bis zum Oststrand marschiert?« Johanna hielt einen roten Kaffeebecher zwischen den Händen und blies vorsichtig hinein. In Tante Waltrauts Frühstücksraum war es warm und gemütlich. Beschaulich leuchteten in den kleinen Sprossenfenstern drei weihnachtliche Schwibbögen. Richard saß ihr gegenüber. Er trug einen schwarzen Rollkragenpullover, der ihm diese unverschämt weltmännische Lässigkeit verlieh. Sein schwarzes Haar war ihm in die Stirn gefallen, und er taxierte sie mit seinen blauen Augen. Verdammt! Warum verunsicherte seine Nähe sie nur so?

»Wenn ich an die Blasen an meinen Füßen denke, werde ich den Ausflug heute Abend wohl bereut haben.« Schief grinste er sie an.

Johanna hob das blau karierte Leinentuch an und blickte unter den Tisch. Die Outdoorstiefel an seinen Füßen wirkten noch recht ungebraucht. »Neue Schuhe?«

Er nickte. »Ziemlich naiv, was?«

»Stadtmensch.« Jetzt grinste sie.

Er lehnte sich vor und goss sich eine weitere Tasse Kaffee ein.

»Auf der Bootswerft bin ich Holger Ruhnke begegnet.«

»Du warst bei Holger?« Gespannt stellte sie ihren Becher ab.

»Ja. Ich habe mich an dem kleinen Hafen umgeschaut. Viel los ist da anscheinend nicht mehr.«

»Die Gemeinde hat den Hafen auf Jahre an die Familie Ruhnke verpachtet. Holger ist der Hafenmeister. Doch leider haben die Ruhnkes keinen Geschäftssinn«, berichtete sie. »Da müsste einiges instand gesetzt werden. Hier machen kaum noch Segler fest, in der Hochsaison nur die Stammgäste. Klaus Gravenhorst und er geraten deshalb ständig in Streit miteinander. Ich glaube, Holger ist mit der Werft und dem Hafen komplett überfordert.«

»Hat er keine Angestellten?« Richard rührte klappernd in seiner Tasse.

»Bis vor ein paar Jahren waren sechs Leute bei ihm auf der Werft. Jetzt hat er nur noch Sören, der ihm zur Hand geht.«

»So ein Schlanker mit roten Haaren?«

»Richtig. Sören Peters. Wir sind zusammen zur Schule gegangen«, bejahte sie seine Frage.

Richards Handy piepte. Er nahm es in die Hand und

überflog die Nachricht. Sein Gesicht blieb völlig regungslos. Johanna konnte nicht erahnen, ob es privat oder beruflich war. Was wusste sie überhaupt von ihm? Klar, er war ein angesehener Kunstexperte, dafür gab es ja das Internet. Aber sonst? Frau? Kinder?

Er steckte das Telefon in seine Jackentasche und sah sie fragend an. »Kennt ihr euch gut, Holger und du?«

»Meine Großeltern waren mit den Ruhnkes eng befreundet. Holger ist bei uns im Pfarrhaus ein und aus gegangen.« Johanna griff nach einem von Waltrauts Marzipanplätzchen und steckte es genüsslich in den Mund.

»Aber er ist schon recht eigen, oder?« Richard schnappte sich ebenfalls eines der Plätzchen.

»Holger ist in Ordnung. Wenn mein Großvater Hilfe brauchte, war er immer für uns da. Er redet nur halt nicht viel.«

Richard dachte über die Begegnung am Morgen nach. Ruhnkes verschwommene Andeutungen über die Flüchtlinge beschäftigten ihn. »Weißt du, ob damals jemand aus seiner Familie über die Ostsee geflüchtet ist?«

»Von den Ruhnkes?« Johanna blickte überrascht auf. »Ich habe nie etwas darüber gehört. Wie kommst du darauf?«

»Es war nur so ein Gefühl, er klang mit einem Mal so betroffen.«

»Du solltest seine Frau Kerstin danach fragen.« Johanna beugte sich zu ihm vor und sagte verschwörerisch: »Waltraut meint, sie wäre eine aufdringliche, indiskrete Klatschbase.«

Just in dem Moment erschien ihre Tante mit Kaffeenachschub in der Küchentür. Mit einem Schmunzeln schüttelte sie das ergraute Haar. »Was du immer für Gerüchte in die Welt streust, Mädchen.« Sie setzte sich zu den beiden an den Tisch. »Willst du wirklich nicht mit uns zusammen in der

Pension feiern?«, wechselte sie das Thema und schaute ihre Nichte mit flehendem Blick an.

»Nein, ich habe es Michael versprochen.« Plötzlich fiel Johanna ein, dass Richard ja niemanden außer ihrem Großvater in Fahrenende kannte. Spontan kam ihr eine Idee. »Hättest du nicht Lust, mitzukommen?«

Zweifelnd hob er die Augenbrauen. »Denkst du, die Familie deines Bruders möchte am Heiligabend einen fremden Mann auf der Couch sitzen haben?«

»Michael ist frisch geschieden. Wir sind also unter uns. Und ihr beide habt euch doch schon kennengelernt.« Sie spürte, dass er zögerte.

»Wenn es für dich in Ordnung ist, komme ich gerne mit.« Sie registrierte, dass ihr Herz schneller schlug. Was war nur los mit ihr?

Waltraut Mulsow erhob sich und tätschelte Johanna die Wange. »Macht euch einen schönen Abend. Dein Großvater hätte es sicher so gewollt.«

Sie stellte die leeren Teller auf ein Tablett und verschwand in ihrer Küche.

Draußen auf dem Schotter hörte Johanna ein Auto bremsen. Neugierig schob sie die gelben Vorhänge beiseite und entdeckte Bert. Beinahe hätte sie ihren Cousin in der dick gesteppten Daunenjacke nicht erkannt. Wie er so Richtung Tür wankte, ähnelte er diesem bekannten Reifenmännchen aus der Werbung. Kurze Zeit später saß er mit ihnen am Frühstückstisch. Genussvoll schlürfte er den heißen Kaffee und klappte ein schwarzes Notizbuch auf. »Ich habe noch einmal die Ermittlungen zum Konto deines Großvaters durchgesehen. Die achtzehntausend Euro wurden von einem Auktionshaus in Darmstadt überwiesen. ›Meyer & Behrens‹.«

Erstaunt riss Richard die Augen auf. »›Meyer & Behrens‹? Das überrascht mich jetzt doch.«

»Warum?«, fragte Mulsow.

»Die haben sich auf Kunst vom Ende des neunzehnten, Anfang des zwanzigsten Jahrhunderts spezialisiert. Impressionismus, Expressionismus, Avantgarde …«

»Die Kunst der Moderne«, pflichtete Johanna ihm bei.

»Ganz genau«, sagte Richard. »Friedrichs eigene Bilder passen da nicht ins Profil. Stellt sich die Frage, was er dort für so viel Geld verkauft hat.«

Der Polizist räusperte sich. »Wir haben bereits versucht, mit dem zuständigen Auktionator zu sprechen, doch niemanden erreicht. Die Kollegen in Darmstadt sind aber dran.«

Johanna kaute nachdenklich auf ihrer Unterlippe. Sie traten auf der Stelle. Irgendetwas hätte ihr doch auffallen müssen. Entmutigt griff sie nach ihrem Mantel. Da fiel ihr ein, warum sie überhaupt in die Pension gekommen war.

»Hast du deinen Freund in Hamburg erreicht?«

»Markus erwartet mich morgen«, sagte Richard und fügte schmunzelnd hinzu: »Wenn du mir dein Auto leihen könntest.«

»Möchte noch jemand einen Schluck Wein?« Einladend schwenkte Michael Trestorf die Flasche Weißwein. Richard nickte dankend und reichte ihm sein Glas. Der Abend im Forsthaus verlief besser, als er befürchtet hatte. Unerwartete Besucher sind der Alptraum eines jeden Gastgebers. Doch Michael Trestorf verkörperte die Rolle hervorragend souverän und gelassen. In grauer Flanellhose und weißem Oberhemd hatte er die Tür geöffnet und den Eindruck erweckt, in der Upperclass zu Hause zu sein. Seine routinierte Art ließ erkennen, dass er des Öfteren Gäste empfing. Er gehörte zu diesem Typ Mann, der selbstbewusst am Herd stand, Gerichte mit unaussprechlichen Namen zauberte und dazu noch aussah wie Steffen Henssler. Der Leidenschaft für die Küche hatte sich Richard immer entzogen. Er verstand nicht, wie man stundenlang über Vor- und Nachteile des tasmanischen Bergpfeffers streiten konnte. Für ihn war Kochen eine unabdingbare Notwendigkeit, um nicht zu verhungern.

Die drei saßen in einem hohen, riesigen Wintergarten aus hellem Holz. Johanna sah umwerfend aus. Das senffarbene Kleid schmeichelte ihren braunen Augen. Sie hatte das Haar zu einem Knoten aufgesteckt, doch eine widerspenstige Strähne rutschte ihr immer wieder ins Gesicht. Sie musste sie ständig hinters Ohr stecken, was sie ein wenig nervte. Doch Richard fand diese Geste hinreißend. Damit sein unaufhörliches Starren nicht auffiel, schaute er sich um. Der neu gebaute Wintergarten fügte sich phantastisch in das betagte Forsthaus ein. Michael Trestorf hatte ein unglaublich feines Gespür dafür, wie Alt und Neu miteinander harmonierten. Das musste Richard dem Mann zugestehen. Die Designermöbel aus Naturholz strahlten eine wohnliche Gediegenheit aus. Die Handschrift des Hauses machte offenkundig, dass Trestorf kein minderbegabter Provinzarchitekt war.

»Wie lange wohnst du schon hier?« Richard deutete in den alten Teil des Hauses.

»Meine Frau … Ex-Frau und ich haben das Haus vor acht Jahren gekauft. Es war nur noch eine halbe Ruine, doch die traumhafte Lage hat uns die Entscheidung leicht gemacht.« Trestorf kam ins Schwärmen. »… direkt am Wald und die Ostsee nur ein paar Minuten entfernt …«

»So ein Projekt hat sicher jede Menge Energie gekostet?« Und einen Haufen Geld, fügte Richard in Gedanken hinzu.

»Oh ja. Vor allem die Auflagen des Denkmalschutzes

waren eine gewaltige Herausforderung für uns«, erzählte der Hausbesitzer mit sichtbar geschwellter Brust. »Kein Balken, keine Wand durfte abgerissen werden, ehe nicht die Behörde ihren Segen gegeben hat. Dabei gab es wenig Erhaltenswertes, nur marode Bausubstanz und kaum noch originale Türen oder Fenster.«

»Die Leute in Fahrenende waren doch sicher dankbar, dass der Schandfleck endlich verschwand?« Richard Gruben griff nach einer Oliven-Tapa.

Der Glanz in Trestorfs Augen erstarb, die Hand um sein Weinglas spannte sich fester. Während er den Kopf zum Fenster drehte, bildete sich eine Falte auf seiner Stirn. »In einem Dorf ticken die Uhren anders, Richard. Die Gemeinde zeigte ihre Dankbarkeit auf eine ganz eigentümliche Art und Weise. Nur ein paar hundert Meter von meinem Grundstück entfernt wurde durch die Ortsvertretung der Bau eines Windparks genehmigt. Das Rauschen der Räder raubt einem den Verstand.« Seine Stimme klang verbittert. »Die Familie Trestorf war hier nie sonderlich beliebt. Missgunst ist oft stärker als ehrliche Anerkennung.«

Johanna spürte, dass ihr Bruder verstimmt war. »Zeig Richard doch die Fotos von der Sanierung«, schlug sie ihrem Halbbruder vor.

»Eine gute Idee«, sagte Trestorf, der Groll in seiner Stimme schien verschwunden. »Dafür müssten wir dann aber nach oben in mein Büro.« Michael Trestorf erhob sich von dem lederbezogenen Hochlehner und ging auf die offene Stahltreppe zu. Richard folgte ihm langsam nach.

»Ich hole uns inzwischen noch eine Flasche Wein aus dem Keller«, rief Johanna fröhlich und verschwand in der Diele.

Das Büro entpuppte sich als eine offene Galerie gleich hinter der Treppe. Auch hier ein Hauch von Upperclass. Dunkle Holzmöbel, eine kleine Sitzgruppe aus schwarzem, weichem Leder und ein verchromter Kaffeeautomat, der jeden fanatischen Teetrinker zweifeln ließ. Unter einer großen Fledermausgaube standen zwei Schreibtische, tadellos organisiert und aufgeräumt. Nichts lag herum. In einem flachen Regal an der gegenüberliegenden Seite reihten sich die Aktenordner korrekt beschriftet und wie mit einem Lineal gezogen aneinander. Darüber hingen gerahmte Schwarzweißfotografien. Richard trat näher heran.

»Schau dir die Fotos ruhig schon einmal an. Ich muss nur noch diese verflixte Baumappe finden«, fluchte der Architekt im Hintergrund und zog aus einem weißen Metallcontainer die tiefen Schubladen heraus.

Auf dem ersten Foto strahlte eine glückliche Familie vor ihrem neuen Heim in die Kamera. Michael Trestorf hatte anscheinend zwei Söhne. Und eine gut aussehende Ex-Frau, stellte Richard fest. Daneben hingen Bilder aus den verschiedenen Bauphasen des Hauses und alte, sepiagetönte Fotografien aus den dreißiger Jahren. Plötzlich erregte eine Pinnwand seine Aufmerksamkeit. Sie wirkte in dem durchgestylten Raum völlig fremd und deplatziert. Bunte Ansichtskarten waren wild durcheinander mit Reißzwecken befestigt. Grüße aus exotischen, fernen Ländern mit Palmen, wilden Tieren und schneebedeckten Bergen. Die Karten waren teilweise schon leicht ramponiert, die Ränder vergilbt. Richard schätzte, dass sie schon ein paar Jahrzehnte auf dem Buckel hatten. Er löste die Reißzwecke einer Elefantenhorde und drehte sie um. In schnörkellosen Buchstaben waren dort ein paar Zeilen geschrieben:

Lieber Michael,
viele Grüße aus Afrika.
Unser Schiff liegt heute in Angola.
Danach geht es weiter zum Kap der Guten Hoffnung.

Ich habe heute Elefanten gesehen, frei und wild.
Wie vorne auf der Karte.
Vati
P.S. Was macht die Schule?

Richard suchte nach dem Poststempel: 29.7.80. Er war überrascht. So viel Hang zur Nostalgie hätte er Michael Trestorf gar nicht zugetraut, dass er die alten Karten seines Vaters hütete wie einen heiligen Schatz. Er musste schmunzeln. Der selbstsichere, erfolgsverwöhnte Architekt mit sentimentalen Charakterzügen … Doch was war schon stärker als die bedingungslose Liebe eines Sechsjährigen? Richard pinnte die Karte wieder an.

»Alles verstaubte Erinnerungen an meinen Vater. Ich konnte mich nie wirklich davon trennen.« Trestorf stand hinter ihm mit einem dicken grauen Ordner unter dem Arm. Mit schwärmerischem Blick betrachtete er seine Pinnwand.

»Dass euer Vater als Kapitän das Privileg zu reisen besaß, hat doch sicher hier in Fahrenende einige Neider auf den Plan gerufen?« Richard griff nach einer weiteren Karte.

»Es stand jedem frei, sein Leben so einzurichten, wie er es wollte«, brauste der Architekt leicht gereizt auf.

»Ganz so einfach wird es damals wohl nicht gewesen sein«, widersprach Richard und dachte an das morgendliche Gespräch mit Holger Ruhnke.

»Achim hat hart dafür gearbeitet, um als Kapitän fahren zu können«, ruderte Trestorf etwas einsichtiger zurück. »Manche im Dorf vergaßen gerne, dass er auch Opfer dafür bringen musste.«

Er drehte sich um und stieg die Treppe hinab. Richard wunderte sich über die schroffe Zurechtweisung. Vielleicht fühlte sich Trestorf in einer ähnlichen Situation wie sein Vater damals. Der aufstrebende und wohlsituierte Architekt wurde von den Dorfbewohnern geschnitten. Richard warf einen letzten Blick auf die Fotos und verließ das Büro.

Johanna war aus dem Keller zurück und entkorkte den Wein. Trestorf hockte vor seiner Stereoanlage auf dem Boden mit einem Stapel CDs neben sich. Die Mappe mit den Fotos lag auf dem Esstisch.

»Sag mal, Michael, wieso hast du Pappe vor deinem Kellerfenster? Wurde bei dir eingebrochen?« Der Korken ploppte aus der Flasche.

»Nein, nein. Die Jungs haben beim Fußballspielen die Scheibe zerdeppert«, lachte Trestorf steif. »Ich bin nur noch nicht dazu gekommen, mich darum zu kümmern.« Er hielt eine CD hoch. »Coldplay?«

***

Zwei Stunden später verabschiedeten sie sich an der Tür.

»Danke für alles, Michael.« Johanna schlüpfte in ihren Mantel und umarmte ihren Bruder innig. Richard wartete bereits auf dem Weg zur Straße und zog seine Mütze weit über die Ohren. Es war klirrend kalt. Die sternenklare Nacht ließ die Temperaturen noch weiter in den Keller rutschen.

»Ihr hättet doch noch bleiben können«, beteuerte Trestorf.

»Das ist lieb! Aber Richard muss gleich morgen früh nach Hamburg ins Museumslabor. Es ist leider sehr dringend.« Johanna winkte und schloss zu Richard auf. Er war erleichtert, dass sie gegenüber ihrem Bruder nicht erwähnt hatte, dass er wegen der »Meeresschönheit« nach Hamburg fuhr. Sollte sich sein Verdacht bestätigen, wäre es besser, sie würden die genauen Hintergründe kennen, ehe der Verein darüber in Kenntnis gesetzt wurde.

Schweigend liefen sie eine Weile nebeneinanderher. In der Dunkelheit sah Richard die roten Warnlichter der

Windräder aufblinken. Trestorf hatte recht, der Park lag wirklich aufdringlich dicht an seinem Grundstück. Das Haus war sicher nur noch die Hälfte wert. Ostsee hin oder her. Richard drehte sich zur Seite und schaute Johanna an. Sie zitterte. »Ist dir kalt?«

»Ein bisschen«, sagte sie leise.

Er nahm seinen dicken Schal ab und wickelte ihn ihr um den Hals. »Besser?«

»Besser.« Im schwachen Schein der Straßenlaternen sah er sie müde lächeln.

»Du denkst an deinen Großvater, nicht wahr?«

»Ja. Ich frage mich, ob ich ihn wirklich gekannt habe«, entgegnete Johanna niedergeschlagen. Erst nach einer längeren Pause fügte sie hinzu: »Er hatte Geheimnisse vor mir. An dem Abend vor seinem Tod machte er so seltsame Andeutungen: von einer Schuld, die er all die Jahre mit sich herumgetragen hätte, und dass es damals andere Zeiten waren.« Sie steckte die Hände noch tiefer in ihre Manteltaschen. »Man konnte nicht gegen den Strom schwimmen. Das waren seine Worte.«

Richard fiel auf, dass er heute bereits zum dritten Mal über die Vergangenheit sprach.

»Als freischaffender Künstler wurden ihm zu DDR-Zeiten sicher häufig Knüppel zwischen die Beine geschmissen«, warf er ein.

»Das stimmt. Er war nie einer, der mit seiner Meinung hinter dem Berg hielt. Seine Offenheit hat ihm so manches Mal beinahe die Stelle an der Hochschule gekostet«, sagte sie ernst. »Doch von welcher Schuld hat mein Großvater gesprochen? Ich hätte ihm besser zuhören müssen.«

Richard spürte, dass sie an sich zweifelte. Er blieb stehen und berührte sie sanft an den Schultern. Seine Augen sahen sie durchdringend an.

»Zerbrich dir nicht den Kopf darüber. Im Alter werden

die Menschen oft sonderbar. Verpasste Chancen, verlorene Lieben, all das holt sie am Lebensende wieder ein.«

Johanna wich seinem Blick aus und setzte sich wieder in Bewegung. Richard atmete tief ein und lief ihr hinterher. Inzwischen hatten sie den Dorfkern erreicht. Ein paar wenige Menschen waren unterwegs, auf dem Heimweg von Verwandten oder Freunden. In vielen Häusern brannte noch die Weihnachtsbeleuchtung.

»Als kleines Kind habe ich mir immer vorgestellt, dass ich irgendwann mit meiner Mutter in einem dieser Häuser leben würde.« Johannas Stimme klang traurig. »In meinen Träumen malte ich mir aus, sie wäre nur auf Reisen, so wie mein Vater.«

Richard erinnerte sich an den Grabstein. Johanna war noch klein gewesen, als sie ihre Mutter verloren hatte.

»Ich war gestern auf dem Friedhof. Deine Mutter ist sehr jung gestorben.«

»Sie hat sich die Pulsadern aufgeschnitten. Unten beim Grooter Kierl an der Steilküste«, sagte sie mit fester Stimme. »Friedrich hat sie gefunden.«

Es traf ihn völlig unvorbereitet. Perplex schaute er sie von der Seite an.

»Weißt du, warum sie das getan hat?«

»Friedrich ist mir immer ausgewichen. Von ihm habe ich nie eine richtige Antwort bekommen. Tante Waltraut meinte, sie hätte schwere Depressionen gehabt, doch mehr wüsste sie auch nicht.«

»Und dein Vater?«

»Achim? Der hat meinem Großvater an allem die Schuld gegeben. Er wäre nie mit der Ehe einverstanden gewesen, hätte sich in alles eingemischt. Und meine Mutter war zu labil und ohne Rückhalt, um sich gegen Friedrich durchzusetzen«, sagte sie steif.

Richard wollte nicht weiter in den alten Wunden bohren.

»Sie hat einen außergewöhnlichen Stein. Ich finde ihn sehr schön.«

»Das finde ich auch. Nach der Wende hat mein Großvater ihn neu aufstellen lassen.« Sie hörte sich wieder gelöster an. »Waltraut sagt immer, er würde zu protzig wirken.«

»Nein. Er ist ausgefallen, aber schön.«

Sie waren in den Kiefernweg zum Atelierhaus eingebogen. Richard spürte die Kälte im Nacken und zog die Schultern ein.

»Die blauen Lilien auf dem Grab werden heute Nacht sicher erfrieren.«

Wie angewurzelt blieb Johanna stehen und starrte ihn entgeistert an. »Was hast du gesagt?«

Richard schaute verwundert drein. »Ich habe von den Blumen auf dem Friedhof gesprochen.«

»Du hast ›blaue Lilien‹ gesagt.« Sie starrte immer noch.

»Ja …?«

»Und du bist dir sicher, dass du gestern dort warst?«

»Kurz bevor wir uns im Museum getroffen haben. Was ist los?« Richard verstand nicht, worauf sie hinauswollte.

»Ich war an dem Morgen nach Friedrichs Tod an ihrem Grab. Da waren noch keine Blumen.« Sie ließ ihn immer noch im Unklaren.

»Und?«

»All die Jahre dachte ich, diese Lilien wären von Friedrich. Er verhielt sich so eigen damit. Keiner durfte sie anfassen oder wegwerfen. Er ließ sie immer stehen, bis sie völlig verwelkt waren«, erzählte sie. »Er muss gewusst haben, von wem sie waren.«

»Kam das denn oft vor?«, fragte Richard.

»In den ersten Jahren nach der Wende lagen die blauen Lilien häufig auf ihrem Grab. Doch in letzter Zeit wurden die Abstände immer größer.«

Sie hatten das Atelierhaus erreicht, und Johanna stieß das

kleine Tor auf. Ein Bewegungsmelder sprang an. Das diffuse Licht tauchte den Vorgarten in einen schummrigen Nebel. An der Haustür blieben sie stehen.

»Ich glaube, dein Großvater hatte mehr als ein Geheimnis«, sagte Richard. »Das viele Geld auf seinem Konto, sein Gerede von Schuld, die blauen Lilien … vielleicht hängt alles irgendwie zusammen.«

»Denkst du, sein Mörder wusste, was er vor mir verborgen hat?«, kam es vorsichtig über ihre Lippen.

»Er ist uns zumindest einen Schritt voraus.«

Johanna zog den Verschluss ihrer Handtasche auf und suchte nach dem Schlüsselbund. Richard bemerkte die widerspenstige Strähne. Behutsam strich er sie aus ihrem Gesicht. Sie hob den Kopf und blickte unsicher zu ihm auf. Ihre braunen Augen trafen die seinen. Er beugte sich hinab und küsste sie zögernd. Als er spürte, dass sie seinen Kuss erwiderte, drückte er sie fester an sich. Ihre Lippen waren weich und warm. Plötzlich löste sich Johanna aus seiner Umarmung, öffnete leise die Tür und fasste ihn an der Hand. Doch Richard blieb verlegen stehen. Was machte er hier eigentlich?

»Ich muss morgen früh raus.« Fiel ihm nichts Besseres ein? Sie war enttäuscht. Er sah es in ihren Augen. Sie ließ seine Hand los, nahm den Schal ab und legte ihn über seine Schultern.

»Danke«, sagte sie mit belegter Stimme. Er hatte ihr wehgetan.

»Ich rufe dich an, wenn ich übermorgen zurück bin.« Was für eine Floskel!

Johanna drückte sich durch die offene Haustür und ließ ihn in der kalten, frostigen Nacht zurück.

Er fühlte sich elend. Elend und dumm. Richard Gruben hatte die Abkürzung durch den Küstenwald genommen und humpelte auf dem schmalen Pfad in Richtung »Silbermöwe«. Seine Blasen schmerzten. Die zunehmende Mondsichel stand tief am Horizont und schien hell durch die schwarzen Kiefern. Was war nur los mit ihm? Er hatte in Fahrenende seine Gefühle zu Charlotte ordnen wollen. Prüfen, ob ihre Beziehung noch eine Chance hatte. Doch was tat er? Seit er hier war, kreisten seine Gedanken nur um Johanna. Sie wirkte so verletzlich. Alleingelassen. Das war sie nun ja auch. Allein. Und er nutzte ihren Schmerz aus. Aber auch ihn schmerzte es, sie so zu sehen. Sie nicht in den Arm nehmen zu können, zu trösten. Johanna hatte ihm vertraut, ihm ihre Seele ausgeschüttet. Und er wies sie zurück.

Richard stoppte und zerrte an seinen Stiefeln. Mit einem Taschentuch versuchte er die Reibung zu mildern. Er setzte den Fuß wieder auf. Besser. Da hörte er es! Ein Keuchen. Stoßweise und tief. Nur ein paar Meter von ihm entfernt.

»Hallo? Ist da wer?«

Nichts. Im fahlen Mondlicht konnte er nur die Konturen der hohen Bäume und kahlen Sträucher ausmachen. Er humpelte weiter. Bis zur Pension konnte es nicht mehr weit sein, ein paar hundert Meter vielleicht. Hoffentlich war Waltraut Mulsow noch auf, damit sie ihm mit ein paar Pflastern aushelfen konnte. Johannas Tante hatte ihm nicht ganz die Wahrheit gesagt. Das Verhältnis zu Friedrich war sicher nicht so oberflächlich gewesen, wie sie vorgab. Doch sie war nun mal eine alte Mecklenburgerin, fremden Menschen gegenüber blieb man verschlossen.

Irgendetwas hier draußen störte ihn. Richard konnte nicht sagen, was, doch das Gefühl biss sich fest wie eine Zecke. Er humpelte schneller. Der Wald wurde an dieser Stelle plötzlich dichter. Der Pfad unter seinen Füßen schien zu verschwinden. War er überhaupt noch richtig? Richard drehte sich um und nahm das Keuchen jetzt deutlich wahr. Jemand war hinter ihm. Eindeutig.

»Hallo?« Obwohl er wusste, wie sinnlos es war, in die Dunkelheit zu rufen, tat er es doch. Richard begann zu rennen. Die Schmerzen an seinen Füßen waren vergessen. Schwere Stiefel stürzten hinter ihm her. Das Mondlicht brach wieder zwischen den Bäumen hervor. Doch Richard hatte die Orientierung verloren, der Waldpfad unter seinen Füßen war verschwunden. Sein Herz raste. Zwischen den schmalen Kiefern hallte sein lauter Atem. Doch es war nicht der einzige Laut im Wald. Das Keuchen echote immer dichter. Das Straßenlicht vor der Pension war noch immer nicht zu sehen. Er hatte die Abzweigung verpasst. Doch um Hilfe zu rufen, wagte er nicht. Was, wenn er sich täuschte und nur ein nächtlicher Spaziergänger seinen Weg kreuzte?

Wie aus dem Nichts tauchte der große Feldstein auf, sein Fuß knallte dumpf dagegen. Ein stechender Schmerz durchfuhr seinen Körper. Richard konnte sich kaum auf den Beinen halten, sein Verfolger war nur noch wenige Schritte entfernt. Er musste eine Entscheidung treffen. Sofort. Im nächsten Moment schrie er aus vollen Lungen um Hilfe.

Der Schlag traf ihn nicht unerwartet. Doch die plötzliche Finsternis, die über ihn hereinbrach, schon.

***

»Du kannst von Glück reden, dass meine Katja so gute Ohren hat.« Richard Gruben lag auf seinem Bett in der »Silbermöwe«. Die Holzvertäfelung über ihm kreiste bedrohlich, sein Kopf schien vor Schmerzen zu zerbersten. Im rechten Fuß spürte er Hunderte von Nadelstichen. Am liebsten hätte er Bert Mulsow eine reingehauen. Doch der

Eisbeutel, den dieser vorsichtig auf seinen Knöchel legte, schien langsam seine Wirkung zu tun. Der Polizist setzte sich auf den schmalen Sessel neben dem Bett und löste eine Aspirin im sprudelnden Wasser auf. »Hätte sie dich nicht gehört, wärst du heute Nacht wahrscheinlich erfroren«, schnaufte er eindringlich.

Oder würde erschlagen im Wald liegen, ging es Richard durch den brummenden Schädel. Seine Erinnerung setzte wieder ein, als Mulsow ihn in der Pension die Treppe hinaufschleppte, dessen Tante Waltraut die Kissen aufschüttelte und Berts Frau hektisch kalte Waschlappen auf seine Stirn presste. Wie sich herausstellte, war er nur wenige Meter von der »Silbermöwe« entfernt gewesen. Die Lichter der Straße waren aus, weil irgendwer im Dorf die geniale Idee hatte, die Beleuchtung nach Mitternacht abzustellen, um Strom zu sparen. Katja Mulsow hatte vor der Tür geraucht und ihn rufen gehört. Laut Berts Aussage hatte sie einen Höllenlärm veranstaltet, damit ihr Mann so schnell wie möglich unterm Christbaum hervorkam. Sein Angreifer musste sich von ihrem Gezeter gestört gefühlt haben und hatte von ihm abgelassen.

Richard hatte den dreien erzählt, er wäre im Dunkeln gestürzt. Hätte den Stein übersehen. Was nicht einmal gelogen war. Aus Eitelkeit? Stolz? Vielleicht. Er bezweifelte, dass Mulsow ihm diese Version abkaufte, doch der Polizist bohrte nicht weiter nach. Und Richard war ihm dankbar dafür. Allmählich konnte er wieder klarer denken, und der Schwindel löste sich auf. Der Überfall war nicht zufällig. Er hatte ihm gegolten. Und dass es Friedrichs Mörder gewesen war, daran bestand für ihn kein Zweifel. Wer immer es auf ihn abgesehen hatte, ging offenbar davon aus, dass Richard ihm dicht auf den Fersen war. Er musste unbewusst auf etwas gestoßen sein, das ihn zu einer potenziellen Gefahr für den Täter werden ließ. Nur was hatte er gesehen?

Bert Mulsow reichte ihm das sprudelnde Wasserglas. Richard richtete sich auf und schluckte die kühle Flüssigkeit in einem Zug hinunter.

»Na, geht's wieder?«

»Denke schon.« Er sank zurück in das dicke Daunenkissen.

Mulsow stand auf und zog die Vorhänge zu. »Bist du sicher, dass du morgen wirklich nach Hamburg willst?«

»Ich habe es jemandem versprochen«, krächzte er und schloss erschöpft die Augen.

25. Dezember

Der Wind hatte wieder deutlich aufgefrischt. Eiskalt wehte er aus dem Baltikum herüber. Die grauen Wolken über der Ostsee hingen tief und jagten über das dunkle Meer.

»Heute geöffnet«. Das blecherne Werbeschild der »Dünenklause« klapperte im Wind. Holger Ruhnke schluckte erleichtert. Auf den Wirt war eben auch an Weihnachten Verlass. Obwohl er bezweifelte, dass dieser aus Treue zu seinen Stammgästen die Kneipe aufsperrte. Vielmehr spekulierte er auf das Geschäft mit den Touristen, die sich am Feiertag, aus ihren engen Ferienapartments getrieben, in die »Dünenklause« verirrten.

Ruhnke hatte es zu Hause nicht mehr ausgehalten. Kerstins Genörgel zerrte an seinen Nerven. Was warf sie ihm eigentlich vor? Den Ausbau der Werft hatte sie doch damals auch gewollt. Geträumt von einem kleinen Hafencafé mit Boutique. Ohne Kerstins Drängen hätte er doch nie diesen verdammten Kredit aufgenommen. Ihr Klagen war sinnlos. Die Entscheidung war gefallen, im neuen Jahr würde er Insolvenz anmelden. Auf das Geld von Semmering brauchte er nicht mehr zu hoffen. Der Alte war tot und die Kohle für immer weg. Sollten sich doch seine Gläubiger um alles streiten. Dass Gravenhorst die Schuld an seinem Bankrott trug, wusste hier jeder im Dorf. Diese absurde Idee mit dem Yachthafen. Wofür sollte er sich also schämen? Er hatte ganz andere Probleme.

Ruhnke riss die Wollmütze vom Kopf und stieß die Tür zum Schankraum auf. Das unvermeidliche »Last Christmas« und schrilles Lachen schallten ihm entgegen. Die »Dünenklause« war brechend voll. Drei Kellnerinnen manövrierten geschickt riesige Tabletts um die Tische herum. Es roch nach Kartoffelklößen, Entenbraten und Rotkohl. Zwischen sperrigen Kinderwagen hindurch bahnte er sich den Weg zum Stammtisch. Sören Peters hockte vergrämt in der Ecke und ertränkte seinen Kummer. Hatte der Bengel an Weihnachten nichts Besseres zu tun?

»Dein Wievielter ist das schon?« Resolut schob Ruhnke das Schnapsglas beiseite und setzte sich neben ihn. Die Anisfahne, die ihm entgegenschlug, sprach für sich. Eindeutig zu viele.

Sein Angestellter hob gleichgültig die Schultern. »Weiß nicht.«

»Mensch, Sören, lass das mit der Sauferei! Bringt doch nichts.« Freundschaftlich wuschelte er durch dessen rote Haare. Der Junge verbrachte einfach zu viel Zeit in der Kneipe. Wenn Sören jetzt auch noch seine Arbeit verlor, würde er vollkommen dem Alkohol verfallen. Doch Holger konnte daran nichts mehr ändern. Sein Entschluss stand fest. Ruhnke gab dem Wirt das übliche Zeichen und schaute sich um. Einige wenige Einheimische waren mit ihren Kindern oder Verwandten zum Essen da und nickten ihm zu. Die meisten Gesichter waren ihm jedoch fremd, Touristen und Tagesausflügler aus Rostock, Urlaubsgäste aus den Ferienhäusern oder Pensionen. Doch der, den er suchte, war nicht hier.

Sören wühlte in seinen Hosentaschen und fischte einen Autoschlüssel hervor.

Ruhnke schnaubte. »Das lass mal schön bleiben! Du fährst heute nirgends mehr hin.«

»Nee, Holger, das ist nicht meiner.« Sören schüttelte träge den Kopf. »Die Grams vom Töpferhof ist an der Kirche liegen geblieben, irgendwas mit dem Motor. Du sollst dir den Wagen mal angucken.«

Das war eindeutig. Ute wollte ihn sprechen. Doch warum schickte sie Sören vor und rief ihn nicht selbst an?

»Sag mal, der Typ gestern auf der Werft, was is'n das für einer?«

Ruhnke horchte plötzlich auf. »Warum willst du das denn wissen?«

»Wohnt der bei Johanna? Der ist vorhin an der Kreuzung mit ihrem Auto an mir vorbeigerauscht.«

Aha, darum blies er hier also Trübsal. Seit Semmerings Enkelin zurück war, schlich er ständig um sie herum. Ruhnke befürchtete jedoch, seine Chancen standen da gleich null. Hoffentlich würde der Junge bald vernünftig.

»Nee, nee. Das ist so ein Kunstprofessor aus Münster. War wohl ein Freund vom alten Semmering. Der wohnt bei Waltraut Mulsow.«

Sören schien sichtlich erleichtert. »Und was wollte der dann von dir?«

»Steck mal deine Nase nicht überall rein«, sagte Holger barsch und schnappte nach dem Autoschlüssel. Obgleich er sich dieselbe Frage bereits die ganze Zeit stellte. Hatte sich der Professor zufällig am Hafen herumgetrieben, oder schnüffelte er hinter ihm her? Der Alte hatte geplaudert, so viel war klar. Ohne Grund tauchte der Mann nicht plötzlich in Fahrenende auf. Er musste dringend mit Ute reden. Johanna vertraute ihr. Vielleicht hatten die beiden über den Professor gesprochen.

Endlich kam sein Bier. Ruhnke nahm einen kräftigen Schluck und musterte die Leute am Tresen. Plötzlich verfinsterte sich seine Miene. »Was sucht der denn hier?«

Michael Trestorf beugte sich über den Schanktisch und plauderte angeregt mit dem Wirt. Sein überschwängliches Lachen dröhnte bis zum Stammtisch hinüber. Genauso arrogant wie sein Vater, dachte Ruhnke verächtlich. Die Trestorfs haben sich schon immer für etwas Besseres gehalten. Achim war ein Blender. Nach außen kehrte er den weltgewandten, kultivierten Kapitän heraus, aber in

Wahrheit ging er für seine Ziele über Leichen. Er hatte Eva nicht verdient.

»Meine Mutter meint, der hätte Schulden ohne Ende«, stammelte Sören neben ihm.

»Wer? Trestorf?«

»Ja, genau der. Hat wohl auf den Hafenausbau spekuliert und von der Gemeinde das Grundstück hinter der ›Dünenklause‹ gekauft.«

Das war ja interessant, schoss es Ruhnke durch den Kopf. Anscheinend war nicht nur er selbst auf Gravenhorsts Visionen hereingefallen.

Lautstark sprudelte der Wasserkocher. Johanna drückte auf die Stopptaste und stemmte das Gerät aus der Halterung. Das heiße Wasser plätscherte dampfend in die Kanne. Frisch aufgebrüht mochte Tante Waltraut ihren Kaffee am liebsten. Die junge Frau starrte auf die schwarzen Kiefern in ihrem kleinen Garten und atmete tief ein. Der würzige Duft weckte ihre Lebensgeister.

Die halbe Nacht hatte Johanna wach gelegen. Sie war eine Närrin. Wie ein unreifer Backfisch hatte sie sich Richard an den Hals geworfen. Mit zweiunddreißig sollte man seine Gefühle besser unter Kontrolle haben. Doch sein Verhalten verwirrte sie. Er suchte ständig ihre Nähe, schaute sie mit seinen stahlblauen Augen so eigenartig an, schließlich hatte er sie geküsst … und ihr danach doch die kalte Schulter gezeigt. Verflixt! Ihr Leben war momentan auch so kompliziert genug. Ihr Großvater hatte einen Haufen Scherben hinterlassen. Nichts passte zusammen. Und nichts war mehr so wie früher. Das Klopfen an der Tür riss sie aus ihren Grübeleien.

»Ist das ein scheußliches Wetter!« Waltraut Mulsow erschauerte und drückte ihre Nichte fest an sich. »Der eisige Ostwind wird uns jede Menge Schnee bringen.«

Hastig knöpfte sie ihren beigen Steppmantel auf, legte ihn über die niedrige Kommode und folgte Johanna in die Küche. Die beiden Frauen setzten sich an den kleinen Tisch am Fenster. Neben einem Adventskranz mit roten Stumpenkerzen stand ein riesiger Marzipanstollen. Amadeus lag zusammengerollt in seinem Körbchen. Johanna war erleichtert, dass er sich so schnell in seine neue Umgebung eingelebt hatte. In ein paar Tagen könnte sie es riskieren, ihn wieder nach draußen zu lassen, dem Streuner fehlte seine Freiheit.

»Du siehst müde aus.« Waltraut streichelte ihrer Nichte die Hand. »An den Feiertagen ist es immer am schlimmsten, nicht?«

Johanna füllte die Tassen mit Kaffee und schaute ihre Tante nachdenklich an. »Ich dachte, Friedrich hätte mir verziehen.«

»Er hat dich sehr geliebt, Johanna.«

»Aber mir nicht mehr vertraut.«

Waltraut Mulsow versteifte sich. »Das bildest du dir nur ein.«

»Wusstest du, dass all die Jahre die Lilien auf dem Grab meiner Mutter nicht von ihm waren?«

»Natürlich waren sie von deinem Großvater!«, sagte ihre Tante trotzig.

Johanna schüttelte unmerklich den Kopf. »Ich habe Evas Grab am Morgen nach seinem Tod besucht. Die Vase war leer. Und heute stand ein üppiger Lilienstrauß auf dem Friedhof.«

Die Kuchengabel schepperte krachend auf das Porzellan. Waltraut Mulsow wurde blass und zog scharf die Luft ein.

»Geht es dir nicht gut?«

»Alles in Ordnung. Ich bin nur noch etwas aus der Puste vom Laufen.« Das Gesicht der älteren Frau entspannte sich wieder. »Vermutlich stammen sie von jemandem aus dem Dorf, der die Tradition an Friedrichs Stelle fortsetzen will.«

Johanna hob den Blick Richtung Fenster. Waltraut hatte recht. Sie steigerte sich in etwas hinein. Der gewaltsame Tod ihres Großvaters wühlte sie zu sehr auf. Warum stellte sie nur plötzlich alles in Frage? Sie hätte doch gespürt, wenn er ihr etwas verheimlicht hätte. Auch wenn die »Meeresschönheit« sich als eine Fälschung herausstellte, bedeutete dies noch lange nicht, dass Friedrich ihr grundsätzlich nicht mehr vertraut hatte. Da fiel ihr ein, wonach sie Waltraut eigentlich fragen wollte.

»Ist Richard heute nach Hamburg gefahren?«

»Er ist kurz vor dem Mittag abgereist«, antwortete ihre Tante. »Aber vernünftig ist das nicht.«

Johanna blickte erstaunt auf. »Warum?«

»Der Professor hatte gestern Nacht einen Unfall.«

Johannas Herz setzte kurz aus. »Was ist denn passiert?«

»Ein schwerer Sturz im Küstenwald. Konnte kaum laufen, der Arme. Bert musste ihn bis in die ›Silbermöwe‹ stützen.« Waltraut brach ein Stück Stollen ab und steckte es in den Mund. »Die Kopfschmerzen waren heute Morgen noch immer nicht ganz verschwunden.«

Und er ist trotzdem gefahren! Geflüchtet vor ihr.

Schweigsam saßen sie nebeneinander, jeder schien in seiner Gedankenwelt versunken. Nach einer Weile unterbrach Waltraut Mulsow die Stille. »Hat der Professor denn gefunden, wonach er suchte?« Ihre Tante musterte sie neugierig.

Johanna schluckte. Sollte sie Waltraut einweihen? Sie entschied sich dagegen. »Richard hat kaum Anhaltspunkte. Friedrich hatte sich nur vage über das Bild geäußert.«

»Denkst du, er wird nach der Beerdigung wieder zurück nach Münster fahren?«

Darüber hatte sie noch gar nicht nachgedacht. Doch hier hielt ihn sicher nichts mehr.

»So wird es wohl sein«, sagte Johanna leise.

Waltraut Mulsow nahm das Küchenmesser und schnitt energisch eine weitere Scheibe vom Stollen ab.

»Es ist gewiss das Beste für alle. Der Professor passt nicht hierher.«

26. Dezember

Richard Gruben griff nach dem braunen, geriffelten Thermobecher und verließ hastig die leere Tankstelle. Mit wenigen Schritten saß er im warmen Auto und startete den Motor. An der Ausfahrt entdeckte er im reflektierenden Abblendlicht das gelbe Richtungsschild. »Rostock 30 km«. Zarte weiße Flocken tanzten auf der Windschutzscheibe. Es wurde Zeit, dass er sein Ziel erreichte.

Als Richard am Abend zuvor in Hamburg eingetroffen war, hatte er sich noch immer etwas wacklig auf den Beinen gefühlt. Doch ihm war nicht übel, und das wertete er als ein gutes Zeichen. Die hämmernden Kopfschmerzen wichen langsam einem dumpfen Pochen. Sein linker Knöchel war leicht geschwollen, was ihm jedoch keine allzu großen Schmerzen bereitete. Waltraut Mulsows Tabletten wirkten ausgezeichnet. Allerdings beunruhigte ihn die Tatsache, dass er nicht wusste, was und wie viel Bert ihm davon eingeflößt hatte.

Der heiße Kaffee belebte seinen müden Körper. Richard war seit sechs Uhr auf den Beinen. Nach einem kurzen, traumlosen Schlaf hatte Markus ihn in aller Herrgottsfrühe aus dem Bett gerissen. Sein Studienfreund konnte es nicht erwarten, die »Meeresschönheit« in seinem Labor zu durchleuchten. Wozu die Eile?, hatte sich Richard gefragt. Das Labor lag gleich um die Ecke, und sie hatten alle Zeit der Welt. Markus war Junggeselle, niemand wartete auf ihn. Es stellte sich jedoch schnell heraus, dass es sich bei der »Meeresschönheit« tatsächlich um eine Fälschung handelte. Richard überraschte es nicht weiter, er hatte damit gerechnet.

Etwas ganz anderes bereitete ihm plötzlich Unbehagen,

und er wusste nicht, wie er mit dem neuen Wissen umgehen sollte. Sein Verstand sagte ihm, dass er sich irrte und es absolut unmöglich war. Doch sein Bauchgefühl signalisierte ihm, dass es der Wahrheit entsprach. Hatte er sich so sehr in Friedrich Semmering getäuscht? Aber wenn Richard ehrlich zu sich selbst war: Was wusste er schon von dessen Sorgen und Problemen? Vor sechzehn Jahren hatten sie sich das letzte Mal gesehen. Vorschnell ein Urteil zu fällen stand ihm nicht zu. Semmerings Leben in Fahrenende war ihm doch völlig fremd. Er könnte in finanzielle Schwierigkeiten geraten sein und keinen anderen Ausweg gewusst haben. Irgendetwas hatte ihn dazu getrieben.

Wie auch immer Richard das Blatt drehte und wendete, fest stand, dass die Fälschung erst seit ein paar Wochen existierte. Sie mochte ein, zwei Monate alt sein. Markus war Profi und sich in seiner Einschätzung absolut sicher. Der Kaufvertrag zwischen Fischbacher und dem Museum lag jedoch bereits ein halbes Jahr zurück. Und wenn es sich bei dem Ankauf wirklich um das Original gehandelt hatte, konnte das nur eines bedeuten: Friedrich Semmering hatte die Fälschung höchstpersönlich angefertigt.

***

Das schwache Licht des Kombis strahlte einsam in der Dunkelheit. Es war weit nach Mitternacht, und Fahrenende lag in völliger Finsternis. Nur auf dem alten Kopfsteinpflaster konnte man eine feine Schneedecke ausmachen. Richard setzte den Blinker und bog in den Strandweg ein.

Er dachte an Johanna. Die Entdeckung, dass ihr Großvater ein Kunstfälscher war, würde sie schwer treffen. Sie war in einer Künstlerfamilie aufgewachsen, von klein auf stand sie der Kunst respektvoll gegenüber. Semmering hatte für die Kunst gelebt, sie anderen Menschen nahegebracht.

Niemand, den Richard kannte, sprach so voller Leidenschaft und Hingabe über die Malerei. Doch es gab keinen Zweifel, die Fälschung war erst wenige Wochen alt. Der Alte musste das Bild nach dem Ankauf im Juni kopiert haben.

Langsam fügte sich alles zusammen. Das Original stammte von Fischbacher, der wahrscheinlich ahnungslos gewesen war und das Bild für ein altes, unbedeutendes Familienerbstück gehalten hatte. Nur so ließ sich der geringe Kaufpreis erklären. Semmering musste die »Meeresschönheit« im Namen des Museums gekauft und vorgegeben haben, das Bild restaurieren zu lassen. Wichtige Zeit, die er benötigte, um eine Kopie anzufertigen. Monate später waren auf seinem Bankkonto achtzehntausend Euro von »Behrens & Meyer« eingegangen, einem Auktionshaus für moderne Kunst. Vermutlich das Geld aus dem Verkauf des echten Gemäldes von Max Kehrendorff. Johanna und er waren auf die Kopie der »Meeresschönheit« in einem Nebenraum des Museums gestoßen, verstaubt und vergessen. Semmering hatte nie die Absicht gehabt, das Bild der Öffentlichkeit zugänglich zu machen.

Alles passte. War Semmering deshalb umgebracht worden? Und wenn ja, wer hatte ihn getötet? Fischbacher, der herausfand, dass er übers Ohr gehauen wurde? Ein Komplize, den Semmering hintergangen hatte? Und vor allem: Was wollte der Mörder von ihm, einem Kunstprofessor?

Richard blickte auf die Uhr im Armaturenbrett: null Uhr sechsundfünfzig. Zu spät, um noch bei Johanna vorbeizuschauen. Obwohl er im Moment nichts anderes tun wollte, als zum Atelierhaus zu fahren, sie in den Arm zu nehmen, ihren weichen Duft einzuatmen, sie zu küssen … Es war sinnlos. Sie wollte ihn nicht sehen.

Im Licht der Scheinwerfer tauchte die »Silbermöwe« vor ihm auf. Die dunklen Fenster verrieten ihm, dass Waltraut Mulsow bereits im Bett war. Richard stellte den Wagen ab, klappte den Kofferraum auf und klemmte sich die Kopie unter den Arm. Möglichst geräuscharm schloss er die Haustür auf und stieg die schmale Holztreppe zu seinem Zimmer hinauf. Johannas Tante hatte ihm ihre berüchtigten Schnittchen auf die kleine Anrichte gestellt, daneben zwei Flaschen Mineralwasser. Die gute Seele war einfach unbezahlbar. Richard fühlte sich völlig ausgelaugt und ließ sich müde auf das weiche Bett fallen. Doch der Schlaf wollte sich nicht einstellen, zu viele Gedanken drängten sich in sein Bewusstsein. Er brauchte einen klaren Kopf. Kraftlos raffte er sich auf und wankte zum Fenster. Leise knarrte das kleine Sprossenfenster beim Öffnen. Drei tiefe Atemzüge lang stand er bewegungslos da und starrte in die kalte Nacht. Erst dann bemerkte Richard, dass etwas nicht stimmte. Ein heller Feuerschein loderte über dem Küstenwald. Genau dort, wo Johannas Atelierhaus stand.

27. Dezember

Hätte ihn später jemand danach gefragt, wie er zum Atelierhaus gelangt war, er hätte es nicht mehr sagen können. In seiner Erinnerung sah Richard sich hektisch nach seiner Jacke greifen und die schmale Treppe in der »Silbermöwe« hinunterstürzen. Doch welchen Weg er eingeschlagen hatte, wusste er nicht mehr. Nur die Angst um Johanna hämmerte in seinem Kopf.

Als er endlich bei ihrem Haus eintraf, hingen dicke schwarze Rauchschwaden in der Luft und hüllten alles ein. Schemenhaft konnte er Feuerwehrmänner erkennen, die in routinierter Eile Schläuche abwickelten und sich Befehle zubrüllten. Eine ausgefahrene Drehleiter schwebte über dem kleinen Anbau, und ein paar Anwohner standen bestürzt auf der Straße und starrten in das gleißende Feuer. Über allem lag ein beißender Gestank. Aus dem schmalen Giebelfenster konnte Richard bereits meterhohe Flammen schlagen sehen.

Völlig außer Atem drängte er sich unter dem flatternden Absperrband hindurch. Ein junger Feuerwehrmann in oranger Einsatzjacke schrie ihn an, er solle verschwinden, und wollte ihn wieder hinter das Band stoßen. Doch Richard riss sich von dem Mann los und stürmte auf das brennende Haus zu. Am Eingang hielten ihn die Feuerwehrleute erneut zurück. Er schrie Johannas Namen. Immer wieder. Doch im Prasseln des Feuers ging sein Rufen unter. Heißer, trockener Rauch kroch in seine Lungen und ließ ihn husten. Oh Gott, bitte lass Johanna nichts passiert sein! Richard konnte an nichts anderes denken. Wo war sie? Noch im Haus? Plötzlich schoss es ihm durch den Kopf. Das Atelier! Völlig panisch rannte er um den Giebel herum, und da sah er sie.

Nur mit einem T-Shirt bekleidet kauerte Johanna auf

dem kalten Schnee. Sie hatte ihre Arme um den Oberkörper geschlungen und wirkte völlig apathisch. Ihr glasiger Blick war starr auf das Feuer gerichtet. Vor dem qualmenden Atelier lagen die Bilder wild auf einen Haufen geworfen. Zwei Männer machten sich gerade daran, eine riesige Plane darüberzuziehen. Im Laufen schälte Richard sich aus seiner Jacke und legte sie um ihre steifen Schultern. Noch immer blieb sie nahezu regungslos. Ein stoßweises Röcheln entrang sich ihrer Kehle. Sie zitterte am ganzen Körper. Er kniete sich vor sie und schloss sie in seine Arme. Allmählich schien sie zu begreifen, dass er bei ihr war.

»Michael ist noch da drinnen.« Ihre Stimme bebte. »Ich hab ihn ins Feuer geschickt.«

Beruhigend drückte Richard sein Gesicht in ihr Haar und murmelte: »Ihm wird nichts geschehen. Sie finden ihn.«

***

Der Sanitäter knallte die Hecktüren des Rettungswagens zu und stieg zügig in die Fahrerkabine. Wenige Augenblicke später raste das Fahrzeug davon, das Blaulicht blieb ausgeschaltet. Richard zog die warme Wolldecke fester um sich. Einer der Feuerwehrmänner hatte sie ihm zugeworfen, als er neben dem Transporter wartete, um sich nach Michael Trestorfs Zustand zu erkundigen. Der Architekt war mit einem blauen Auge davongekommen, er hatte eine leichte Rauchvergiftung und ein paar Kratzer. Johanna hatte sich geweigert, ins Krankenhaus zu fahren. Obwohl es ihm lieber gewesen wäre, sie hätte sich gründlich durchchecken lassen, war er auch irgendwie erleichtert, sie in seiner Nähe zu wissen. Er wandte sich ab und ging auf den Streifenwagen zu. Bert Mulsow lehnte an der offenen Hintertür und schaute zu Johanna hinunter, die noch immer wie paralysiert auf der Rückbank saß.

»Dein Bruder hatte Glück«, sagte Mulsow. »Er war so geistesgegenwärtig, sich ein nasses Tuch auf den Mund zu drücken. Wahrscheinlich kann er morgen schon wieder nach Hause.«

Sie nickte. Richard hockte sich vor die Tür und nahm ihre Hände zwischen seine. Sie waren eiskalt. In seiner dicken Jacke wirkte sie völlig verloren. Ihre braunen Augen blickten ihn an, doch sie schien ihn gar nicht richtig wahrzunehmen. Er versuchte es trotzdem.

»Holger Ruhnke hat angeboten, die Bilder vorerst in seiner Werft unterzubringen.«

Ein schwaches Lächeln. Richard musste an ihre Worte denken. »Wenn man Holger braucht, ist er für einen da.« Ruhnke wusste, was Semmerings Enkeltochter am Herzen lag: die Bilder. Erinnerungen an ihre Mutter Eva, aber auch ihre eigenen Gemälde. Diese Dinge ließen sich nicht einfach wieder ersetzen. Der Bootsbauer tauchte plötzlich mit seinem Pick-up auf, drückte Johanna ohne ein Wort fest an sich und packte mit an. Ob das Atelierhaus irgendwann wieder bewohnbar sein würde, wagte niemand zu sagen. Bevor die Brandermittlung nicht ihre Untersuchungen abgeschlossen hatte, durfte niemand ins Haus. Doch der Brandmeister machte Johanna nicht allzu viele Hoffnungen. Der rechte Teil des Hauses hatte zu viel abbekommen.

»Ich bringe euch jetzt in die Pension. Du brauchst Ruhe.« Bert Mulsow schlug mit der flachen Hand auf das Autodach, wie um seinen Worten Gewicht zu verleihen.

Richard Gruben nahm die Decke von seinen Schultern und schob sich neben Johanna auf die Rückbank. Das Zittern hatte nicht aufgehört, doch ihr Atem ging ruhiger. Er hielt noch immer ihre Hand. Niemand sagte etwas. Langsam fuhr der Passat durch die dunklen Straßen. Richard dachte an seinen ersten Abend in Fahrenende. Nur wenige Tage war es her, dass er mit Mulsow in diesem Wagen gesessen hatte. Trotzdem fühlte es sich an, als wäre er bereits eine Ewigkeit hier. Zu viel war geschehen.

Ein stechender Schmerz durchfuhr seine Hand. Beinahe hätte er aufgeschrien, so fest drückte Johanna zu. Fragend sah er sie an. Ihre Augen waren weit aufgerissen, und mit den Lippen formte sie nur ein Wort. »Amadeus.«

Das Türschloss klackte kaum hörbar. Johanna war endlich eingeschlafen. Waltraut Mulsow stützte sich mit der rechten Hand an den Türrahmen und atmete tief ein. Armes Ding, dachte sie verzweifelt und kämpfte mit den Tränen. Das Feuer hatte Johanna alles genommen. Auch wenn sie sich nicht an ihre Mutter erinnern konnte, so war das Atelierhaus doch das Einzige gewesen, was ihr geblieben war. Alles verloren, von einem Moment auf den anderen.

Achim hatte das Haus für Eva gekauft. Jeden Wunsch las er ihr damals von den Augen ab. Sie hatte es unbedingt gewollt … den kleinen Garten, die verglaste Veranda, den ungestörten Blick auf die Heide … doch glücklich wurden sie nie. Waltraut hatte ihn gewarnt. Eva brauchte einen Mann an ihrer Seite, nicht draußen auf dem Meer. Doch er hatte geglaubt, mit dem Haus würde sich alles andere fügen. Achim ließ sie allein zurück, fuhr hinaus und dachte nur an seine Karriere. Dass es ein Fehler gewesen war, bemerkte er erst, als es schon zu spät war. Es war nicht Evas Schuld. Ihrem Zauber konnte sich niemand entziehen. Sie glich einem Engel, so hilflos und verletzlich. Achim hätte sie nie heiraten dürfen. Doch ein Trestorf tat immer das, was er wollte.

Waltraut löste sich aus ihrer Starre und stieg die Treppe hinab. In der mollig warmen Küche setzte sie den Wasserkessel auf und legte einen Beutel Kamillentee in die weiße Porzellantasse. Durch das Fenster schimmerte der neue Morgen. Sie band den Gürtel ihrer Strickjacke fester und schaute hinaus.

Noch immer fielen zarte Flocken. Ein dicker weißer Teppich breitete sich über den Strandweg aus. Keine Fußabdrücke. Keine Reifenspuren. Lieblich und unverdorben zeigte sich der noch junge Tag. Doch es war eine Lüge.

Waltraut drehte sich vom Fenster weg und brühte ihren Tee auf. Der würde ihre Nerven beruhigen. Das tat er immer. Als der Professor in der Nacht aus der Pension gestürmt war, hatte sie bereits geahnt, dass etwas Schlimmes passiert sein musste. Sein Poltern auf der Treppe hatte sie aus dem Schlaf gerissen. Sie schaltete das Licht auf dem Nachttisch ein, schlüpfte in ihre Pantoffeln und zog die Vorhänge beiseite. Der Feuerschein über dem Küstenwald hatte ihre bösen Vorahnungen bestätigt. Man konnte seiner Vergangenheit nicht davonlaufen. Seit Friedrich Semmerings Tod wusste sie, dass dies nur der Anfang war. Zu viele Jahre hatten sie alle geschwiegen. Aber würde er so weit gehen? Nein, das traute sie ihm einfach nicht zu.

Wütend schmiss sie ein Stück Würfelzucker in ihren Tee. Der Professor war an allem schuld! Wäre er nur schon wieder abgereist. Mit seiner Schnüffelei stocherte er nur in alten Wunden herum und riss neue auf. Waltraut war nicht dumm. Das Hören zwischen den Tönen beherrschte sie noch immer. Er hatte Johanna den Kopf verdreht. Immer wenn sie von ihm sprach, wurde ihre Stimme weich, und sie bekam diesen entrückten Blick. Das Mädchen himmelte ihn an. Doch Waltraut ließ sich nicht von seinen blauen Augen blenden. Irgendwann würde er verschwinden, und Johanna blieb in Fahrenende zurück. So wie ihre Mutter.

»Bekomme ich auch einen?«

Erschrocken blickte Waltraut auf. Sie hatte ihn nicht

kommen hören. Der Professor stand in der Küchentür und lächelte erschöpft.

»Natürlich. Setzen Sie sich.« Sie erhob sich und füllte neues Wasser in den Kessel. Währenddessen versuchte Gruben, seine langen Beine unter dem Tisch zu verstauen. Ihr fiel auf, wie schlecht er aussah. Die letzten Stunden hatten ihm schwer zugesetzt.

»Wie geht es Ihrem Kopf?« Waltraut lehnte an der Spüle und wartete auf das Pfeifen des Kessels.

»Besser«, sagte er. »Diese Art von Schmerz verschwindet schnell.«

Kraftlos strich er sich das dunkle Haar aus der Stirn. Sein Blick war betrübt, als er weitersprach. »Für Johanna werden die nächsten Tage qualvoller.«

Die Pensionsinhaberin nickte vielsagend und holte eine weitere Tasse aus dem Hängeschrank.

»Glauben Sie, Ihre Nichte wird den Verlust des Atelierhauses verkraften?«, hörte sie seine besorgte Stimme hinter sich.

Sie straffte ihren Rücken. Ohne ihn anzusehen, antwortete sie mit harter Stimme: »Johanna ist eine Trestorf. Wir nehmen unser Schicksal an. Davonlaufen gilt für uns nicht.«

Wie zur Bestätigung pfiff der Wasserkessel. Schweigsam brühte sie den Tee auf und stellte ihn vor Gruben auf den Tisch. Er nickte dankend und massierte seine Schläfen. »Ich hoffe, dass sie es schafft.«

Machte er sich ernsthafte Sorgen? Waltraut war überrascht. Hatte sie ihn doch falsch eingeschätzt? Träge setzte sie sich zu ihm.

»Warum war Johannas Bruder eigentlich im Haus?«

»Soweit Bert es aus Johanna herausbekommen konnte, hatten die beiden sich getroffen, um über Friedrichs Beerdigung zu sprechen«, antwortete er. »Gegen dreiundzwanzig

Uhr ist Michael nach Hause, und Johanna wollte schlafen gehen. Doch irgendetwas im Atelier hat sie aufgehalten.«

»Gott sei Dank, sonst hätte sie das Feuer womöglich noch im Schlaf überrascht.« Waltraut schüttelte entsetzt den Kopf.

»Michael Trestorf sagt, er hatte sein Handy liegen lassen und ist deshalb später noch einmal zurück. Er hat Johanna gefunden, als sie panisch die Bilder aus dem Atelier schleppte.« Gruben trank einen Schluck heißen Tee. »Michael wollte dann noch einmal wegen der Fotos von Johannas Eltern ins Haus. Doch das Feuer hatte sich da schon sehr weit ausgebreitet, und er hat im Rauch die Orientierung verloren.«

»Bert sagt, er kann morgen schon wieder nach Hause?« Waltraut strich langsam über die Tischdecke.

»Ja, sieht so aus.«

Beide schwiegen. Der Schock saß noch immer tief. Das leise Ticken des Sekundenzeigers schallte durch den kleinen Raum. Auf der Straße holperte ein Auto über die frische Schneedecke.

»Darf ich Ihnen eine persönliche Frage stellen?« Abwartend schaute Gruben sie an.

»Bitte.«

»Obwohl Michael Trestorf der Sohn Ihres Bruders ist, scheinen Sie mit ihm doch nicht so vertraut wie mit Johanna zu sein.«

Waltraut Mulsow senkte den Blick und starrte trübsinnig in ihren kalten Tee. Die alten Erinnerungen kamen wieder hoch. »Michael ist schon als sehr kleiner Junge aus Fahrenende weggezogen. Seine Mutter hat danach kaum Kontakt zu unserer Familie zugelassen. Es konnte sich nie eine richtige Beziehung zwischen uns entwickeln.« Ein kleines Lächeln umspielte ihre Lippen. »Bei Johanna war das anders. Ich habe sie aufwachsen sehen. Auch nach Evas Tod konnte sie jederzeit zu mir kommen.«

»Friedrich Semmering waren familiäre Wurzeln immer sehr wichtig«, stimmte Gruben zu.

Ihr Blick wurde wieder finster. Sie wollte nicht weiter über das Thema reden. Es ging ihn nichts an. Als könnte er ihre Gedanken lesen, stand er auf und sagte in seiner höflichen Art: »Danke für den Tee. Ich werde versuchen, ein wenig zu schlafen. Das sollten Sie übrigens auch tun.«

»Vielleicht später.« Sie stand auf und räumte die leeren Tassen vom Tisch. Gruben lächelte müde und ging aus der Küche.

Waltraut schaute auf die Uhr. Kurz nach acht. Der Professor schien sich ernsthaft Sorgen zu machen, und Johanna vertraute ihm. Vielleicht war es gut, dass er für sie da war. Doch er wird nicht finden, wonach er sucht, dachte sie entschlossen. Dafür würde sie schon sorgen.

Er kannte diesen Ton. Ganz sicher. Nur fiel ihm nicht ein, woher. Schläfrig drehte er sich auf die andere Seite. Sofort glitt er wieder in einen traumlosen Schlaf. Doch das Geräusch wollte einfach nicht verschwinden. Richard öffnete die schweren Lider und tastete nach seiner Uhr: sechzehn Uhr acht. Der nervige Ton schrillte unentwegt. Allmählich dämmerte ihm, dass es sein Klingelton war. Er setzte sich auf und sah das Blinken auf dem Display seines Smartphones.

Kraftlos drückte er die grüne Taste. »Ja?«

»Hier ist Bert. Bert Mulsow. Habe ich dich geweckt?«

»Nein«, log Richard. Er hatte Mühe, die Augen offen zu halten.

»Ich wollte Johanna nicht stören. Kannst du ihr etwas von mir ausrichten?«, fragte der Polizist unsicher.

»Natürlich. Lass hören.«

»Die Rechtsmedizin hat die Obduktion von Friedrich Semmering abgeschlossen.« Mulsows Stimme klang resigniert.

»Und?« Langsam wurde er munter.

»Leider nichts Brauchbares. Schlag mit stumpfem Gegenstand auf den Hinterkopf.«

»Also der Klassiker …« Richard lehnte den Kopf an die Wand.

»Das trifft es ziemlich genau. Vermutlich das Blatt einer Axt oder ein Hammer. Der Kraftaufwand war sehr gering. Also kommt auch eine Frau als Täter in Frage.« Der Mann am anderen Ende der Leitung seufzte. »Zumindest sind wir heute wegen des hohen Geldbetrags auf Semmerings Konto einen Schritt vorangekommen.«

Plötzlich war Richard Gruben hellwach. »Habt ihr jemanden vom Auktionshaus erreicht?«

»Die Kollegen in Darmstadt haben mit dem zuständigen Mitarbeiter gesprochen«, antwortete der Polizist. »Sie haben das Geld für den Ankauf eines Gemäldes überwiesen, das wohl aus Semmerings Privatbesitz stammte.«

Richard hörte, wie am anderen Ende der Leitung Papiere raschelten.

»Ja, und?« Dass eure Ermittlungen bei dem Tempo länger dauern, wundert keinen, dachte er. Er wurde ungeduldig.

»Ein Ölgemälde aus dem Jahr 1910 von Max Kehrendorff, Titel ›Meeresschönheit‹. Sagt dir das etwas?«

Also doch! Richard wusste nicht, was er antworten sollte. Die Wahrheit? Ja, Semmering besitzt eine Kopie des Bildes, die er vermutlich selbst angefertigt hat, um das Geld für das Original einzustreichen. Doch eigentlich gehört es der »Kunstscheune« von Fahrenende. Oder sollte er ihm eine Lüge auftischen? Nie gehört. Keine Ahnung, wo Friedrich das Bild herhat. Er entschied sich für Letzteres.

»Kommt mir vage bekannt vor. Doch ich kann wirklich nicht sagen, ob das Bild aus seinem Privatbesitz stammt.«

Warum legte er vor Mulsow die Karten nicht offen auf den Tisch? Wen wollte er schützen? Semmering war tot.

»Ich dank dir erst einmal.« Mulsow schien seine Unsicherheit nicht gehört zu haben. »Sag Johanna bitte Bescheid, dass ihr Großvater für die Beerdigung freigegeben ist.«

»Mach ich. Bis dann.« Sein Mund fühlte sich trocken an.

»Also, bis später.« Mulsow legte auf.

Wütend schleuderte Richard das Handy über die Bettdecke. Was hatte er sich nur dabei gedacht? Johannas Cousin war immer geradeheraus und ehrlich. Sicher nicht immer zur Freude seines Vorgesetzten. Und als Dank dafür log Richard ihn an.

Der Professor wälzte sich aus dem Bett und langte nach seinem Strickpullover. Kalter Rauch stieg ihm in die Nase. Er würde Waltraut bitten müssen, die Waschmaschine benutzen zu dürfen. Hinter dem kleinen Sprossenfenster brach bereits die Abenddämmerung herein. Es schneite immer noch. Vor der Pension lehnte ein Schneeschieber aus grünem Plastik an dem niedrigen Lattenzaun, doch der schmale Pflasterweg zum Haus war bereits wieder von einem schwachen Weiß bedeckt. Richards müder Blick glitt über den Küstenwald. Dort über den Baumwipfeln hatte vor einigen Stunden der helle Feuerschein geleuchtet. Und jetzt lag alles in Schutt und Asche.

Er hatte sich entschieden. Sein Bauchgefühl sagte ihm, dass es vorerst besser war, zu schweigen. Johanna würde die Wahrheit über die Fälschung nicht auch noch verkraften. Egal, was ihre Tante behauptete. Sie brauchte Zeit, um die Ereignisse der letzten Stunden zu verarbeiten. Und er würde ihr diese Zeit geben.

Irgendwo muss das verdammte Ding doch stecken! Richard hockte in Johannas altem Kombi und tastete suchend mit der linken Hand unter dem Beifahrersitz. Nachdem Mulsow ihn aus dem Bett geklingelt hatte, war an Schlaf nicht mehr zu denken gewesen. Semmerings Betrug spukte unaufhörlich in seinem Kopf umher. Er brauchte Zerstreuung, und Arbeit lenkte schließlich ab. Der Abgabetermin für das Gutachten rückte immer näher. Aber viel hatte er noch nicht zu Papier gebracht. Also hatte er den Laptop eingeschaltet und nach dem Diktiergerät in seiner Manteltasche gesucht. Doch der Griff ging ins Leere. Kurz bevor die unterschwellige Panik die Oberhand gewann, hatte er sich daran erinnert, dass er zuletzt auf der Rückfahrt von Hamburg die Aufzeichnungen abgehört hatte. Bei seinem Zwischenstopp an der Tankstelle musste er das Gerät irgendwo achtlos in Johannas Wagen abgelegt haben.

Aber auch unter dem Beifahrersitz konnte Richard nichts finden. Er richtete sich auf. Wo sollte er jetzt noch suchen? Gedankenverloren steckte er den Schlüssel in die Zündung und schaltete die Scheibenwischer ein. Ruckartig flog die feine Schneedecke auseinander und legte die nachtschwarze Frontscheibe frei.

Sein Blick fiel auf das hell erleuchtete Küchenfenster der »Silbermöwe«. Waltraut Mulsows hagere Gestalt lehnte vornübergebeugt an der Spüle. Richard beschlich der absurde Gedanke, dass die Pensionsbesitzerin noch immer in der gleichen Haltung verharrte, seit er sie am Morgen dort zurückgelassen hatte. Teilnahmslos stierte sie mit gesenktem Kopf in den Henkelbecher, den sie mit ihren faltigen Händen umklammerte. Es schien, als wölbte ihr Rücken sich kummervoll unter der Last, die sie zu tragen hatte. Die Sorge um Johanna trieb sie offenbar um. Doch konnte man es ihr verdenken? Sie und Bert waren das letzte bisschen Familie, das der alten Frau nach dem Tod des Mannes und ihrer Geschwister geblieben war. Eigene Kinder hatte sie nicht.

Richard ließ sich in den Sitz zurückfallen und schlug fröstelnd die Arme um den Oberkörper. Sein Blick wanderte schläfrig über das Armaturenbrett. Auf dem Handschuhfach blieb er hängen. Warum hatte Richard dort nicht gleich nachgesehen? Er schnellte nach vorn und zog die Klappe auf. Blind tastete seine Hand zwischen welligen Straßenkarten, CD-Hüllen und Zellstoffpackungen herum, bis die klammen Finger auf kaltes Metall trafen. Endlich! Richard packte zu und angelte das Diktiergerät aus dem Handschuhfach hervor, wobei mehrere Papiere aus der Ablage segelten.

Er knipste die Innenbeleuchtung ein und bückte sich danach. Zwei entwertete Theaterkarten, die Visitenkarte eines Rostocker Antiquariats, ein abgegriffener Flyer der »Kunstscheune«. Letzteren starrte Richard einige Sekunden lang an. Friedrich Semmerings Konterfei prangte auf der Rückseite. Ein beinahe väterlicher Stolz spiegelte sich auf dem Gesicht des alten Mannes. Das Museum war sein Lebenswerk. Er hatte die Idee, er hatte es aufgebaut, und er hatte sie alle betrogen. In was war der Alte da nur hineingeraten? Hatte er vor Richard auspacken wollen? Sein Gewissen erleichtern? Aber nicht einmal seiner Enkelin, die ihm alles bedeutete, hatte er sich anvertraut. Alles, was Johanna von ihrem Großvater geblieben war, war der Schmerz, den sein Schweigen hinterlassen hatte.

Unweigerlich verspürte Richard einen Stich. Hastig stopfte er alles zurück in das Fach und knallte die Klappe energisch zu. Was warf er Friedrich eigentlich vor? Ausgerechnet er? Er, der es nicht schaffte, Johanna die Wahrheit zu sagen. Die Wahrheit, dass er in einer festen Beziehung lebte, aber sich trotzdem zu ihr hingezogen fühlte, dass er am Heiligabend sehr wohl mit ihr hatte schlafen wollen und nur die Angst vor der Verwirrung von Gefühlen ihn zurückgehalten hatte. Und letztendlich die Wahrheit, dass ihr Großvater ein Kunstfälscher war und sie alle betrogen hatte.

Die Kälte, die sich allmählich wie ein fester Gürtel um ihn schnürte, riss ihn aus seinen Grübeleien. Richard stieß die Fahrertür auf. Eilig kletterte er hinaus, schloss mit zitternden Fingern das Auto ab und wandte sich zum Haus. Ein metallisches Poltern ließ ihn herumfahren. Angestrengt suchten seine Augen den dunklen Strandweg ab. Hinter der schneegepuderten Ligusterhecke auf dem Nachbargrundstück glaubte er eine Bewegung wahrzunehmen.

»Hallo, ist da jemand?«

Keine Antwort. Zögernd machte der Professor ein paar Schritte auf das Gartentor zu.

»Hallo?«

Nichts. Nur das Tanzen der Schneeflocken im kalten Wind. Doch Richard wollte nicht ein zweites Mal einem hinterhältigen, unsichtbaren Gegner hilflos ausgeliefert sein. Irgendjemand schlich hier herum. Schnell trat er durch das offene Tor in den Strandweg, hastete auf die andere Seite und stieß mit einem Mann zusammen, der wie aus dem Nichts hinter der Hecke hervortrat. Richard schwankte benommen zurück und erkannte im fahlen Licht der Straßenlaterne das sommersprossige Gesicht von Ruhnkes Angestelltem. Sören Peters. Der Rotschopf aus der »Dünenklause«.

»Sind Sie noch ganz bei Trost?«, schnaubte Richard wütend.

Betreten blickte der junge Mann nach unten. In der linken Hand ein Smartphone, das ihm offenbar auf die Pflastersteine gefallen war und Richard aufgeschreckt hatte. Mit der anderen Hand nestelte er nervös an dem Reißverschluss seiner grünen Arbeitsjacke, auf deren Schultern eine dünne Schicht aus Schnee schimmerte. Wie lange hatte der Kerl dort drüben schon herumgelungert?

»Also, was schleichen Sie hier herum?«

Sören Peters hob den Kopf, doch er schaute an ihm vorbei. Sein unruhiger Blick glitt hinüber zu den hell erleuchteten Fenstern der »Silbermöwe«. »Ich wollte zu Johanna.«

»Sie schläft und benötigt Ruhe. Kommen Sie bitte ein anderes Mal wieder. Besuch würde sie nur aufregen.«

Peters wirbelte herum. Sein stechender Blick schien Richard zu durchbohren. »Ach, und das bestimmen jetzt plötzlich Sie, was für Johanna gut ist und was nicht?«

»Nein«, sagte der Professor resolut. »Doch ich nehme an, Johanna benötigt Freunde, die an die Haustür klopfen, dringender als einen ehemaligen Schulkameraden, der sich im Dunkeln hinter einer Hecke versteckt.«

Zornig reckte der Rotschopf das Kinn vor, seine Lippen bebten. Voller Abscheu starrte er Richard an. Doch er blieb stumm, drehte sich blitzschnell um und verschwand in Richtung Küstenwald. Richard blickte ihm nach, bis die Dunkelheit seine Silhouette schluckte. Zumindest wusste er jetzt, dass der hasserfüllte Blick in der »Dünenklause« ihm gegolten hatte.

»Und dein Freund ist sich wirklich sicher?«

Johanna schaute ihn fragend von der Seite an.

Richard Gruben war froh, dass er sie zu einem nächtlichen Spaziergang hatte überreden können. Dass die Polizei noch immer nicht weiter mit den Ermittlungen am Mord ihres Großvaters war, hatte ihre Stimmung nicht aufgehellt. Doch sie war erleichtert, dass Friedrich endlich seine letzte Ruhe finden konnte.

Sie nahmen den Weg ins winterliche Dorf. Inzwischen hatte es aufgehört zu schneien. Silbrig glitzerte der Neuschnee im Licht der Straßenlaternen. Die Schwibbögen und

Weihnachtssterne in den Fenstern leuchteten friedvoll in der Nacht. Doch Richard ließ sich von der Postkartenidylle nicht täuschen. Irgendjemand in Fahrenende hatte etwas dagegen, dass er hier war. Und obwohl er noch nicht wusste, ob es sich bei dem Feuer im Atelierhaus um Brandstiftung handelte, war er davon überzeugt, dass die gleiche Person dafür verantwortlich war.

Richard nickte bedauernd. »Ja, die ›Meeresschönheit‹ aus der Scheune ist eine Fälschung.« Den Verbleib des Originals verschwieg er, genau wie die Wahrheit über ihren Großvater. Es war erst einmal besser so. Früher oder später würde sie eh davon erfahren.

Sie ließen den Ortskern rechts hinter sich und schlugen den Weg zur Kirche ein. Richard fiel auf, dass sie sich wieder etwas gefangen hatte. Ihre Stimme klang ruhig und gefasst. »Würdest du für mich das Bild wieder in die Scheune bringen? Ich schaffe das einfach noch nicht.«

»Mach dir keine Sorgen, ich erledige das«, sagte er.

»Wenn die Beerdigung meines Großvaters vorüber ist und ich weiß, was aus dem Atelierhaus wird, werde ich den Vorstand über alles informieren.« Johanna grub die Hände tiefer in ihre Manteltaschen. »Michael darf morgen wieder nach Hause. Wir haben vorhin miteinander telefoniert.«

»Dein Bruder ist ein wirklich zäher Hund.«

»Ohne ihn hätte ich nicht so viele Bilder aus dem Atelier retten können«, sagte sie erleichtert. »Ich weiß nicht, was ich ohne ihn gemacht hätte.«

Im spärlichen Straßenlicht kamen der Pfarrhof und die Schule in Sichtweite. Unter der großen Kastanie, neben der er vor ein paar Tagen Johannas Kombi abgestellt hatte, stand ein roter Kleinwagen.

»Das ist das Auto von Gravenhorst. Was sucht der denn um diese Uhrzeit noch im Museum? Er hat doch gar keinen Schlüssel«, wunderte sich Johanna laut.

Richards Blick wanderte zur »Kunstscheune«. Die Lichter waren erloschen. Wie ausgestorben lag der Pfarrhof in der weiß durchsetzten Finsternis. Doch hinter einer großen schwarzen Kastanie stritten zwei dunkle Gestalten miteinander.

Sie standen eng beieinander und gestikulierten wild. Einzelne Wortfetzen hallten zu ihnen herüber. Um was es ging, war nicht auszumachen. Nur die Stimmen einer Frau und eines Mannes. Die Erregung des männlichen Schattens steigerte sich immer mehr.

»Hört sich ziemlich heftig an«, sagte Richard. »Weißt du, wer das ist?«

Johanna blickte gebannt auf die Szene. Angestrengt kniff sie die Augen zusammen. »Der Mann ist Klaus Gravenhorst. Doch die Frau …?«

Sie lenkte ihre Schritte in Richtung »Kunstscheune« und wollte die Straße überqueren. In dem Moment löste sich die Frau aus dem Halbdunkel und fegte wutentbrannt über den Pfarrhof. Ein gelbes Stirnband blitzte auf. Über die Schulter hinweg brüllte sie noch etwas Unverständliches.

»Moment mal, ist das nicht Ute …?« Johanna setzte einen Fuß vor, doch die Frau wurde am Friedhof von der Dunkelheit verschluckt.

Richard schloss zu Johanna auf. Gemeinsam stapften sie über die verschneite Pflasterstraße. Auf der anderen Seite blieben sie unter einer Laterne stehen und sahen den Mann aus dem dunklen Pfarrhof treten. Eilig zog er sein Handy aus der Tasche und wählte eine Nummer. Das grünliche Licht des Displays erhellte sein Gesicht. Es war Klaus Gravenhorst. Er hielt das Telefon an sein Ohr und blickte wartend in ihre Richtung. Als er die beiden entdeckte, drückte er den Anruf weg und kam auf sie zu.

»Hallo Klaus!«

»Guten Abend, Johanna.« Gravenhorst kratzte sich nervös

am Kopf und schaute zu Richard auf. Grußlos nickten die beiden Männer einander zu.

»Das mit deinem Haus tut mir aufrichtig leid«, sagte er und schaute Johanna mitleidig an. »Ich hoffe, dass es bald wieder bewohnbar wird.«

»Das weiß ich leider noch nicht. Erst muss die Staatsanwaltschaft ihre Ermittlungen abgeschlossen haben, dann kann man genaue Aussagen treffen.«

»Staatsanwaltschaft? Ich dachte, es wäre ein technischer Defekt oder so etwas?« Seine schmalen Augen huschten unruhig umher.

Johanna schüttelte den Kopf. »Bert meint, es sieht stark nach Brandstiftung aus. Doch wir müssen die Ergebnisse abwarten.«

»Verstehe.« Gravenhorsts Handy in der Tasche vibrierte, doch er ging nicht ran. Fluchtartig warf er einen Blick über die Schulter und wandte sich zum Gehen. »Ich muss weiter. Wenn ich irgendetwas tun kann, lass es mich wissen, ja?« Ohne eine Antwort abzuwarten, überquerte er die Straße.

»Der hatte es aber ziemlich eilig.« Verblüfft schaute Richard dem Mann hinterher. Dessen merkwürdiges Verhalten irritierte ihn. Vor ein paar Tagen in der »Dünenklause« hatte Gravenhorst auf ihn wie jemand gewirkt, der sich gerne mit großspurigen Tönen in den Vordergrund spielte. Das eben wäre die perfekte Gelegenheit dazu gewesen. Dieser kurze Abgang passte so gar nicht zu dem Ortsvorsteher. Der Motor des Kleinwagens sprang stotternd an. Gravenhorst schaltete das Licht ein und raste mit versteinerter Miene an ihnen vorbei.

»Ich frage mich, worüber er mit Ute so heftig gestritten hat.« Johanna setzte sich wieder in Bewegung. »Um diese Uhrzeit!«

Richard, der ihr mittlerweile gefolgt war, dachte: Und wo will er jetzt noch so eilig hin?

28. Dezember

Zum wiederholten Male drückte Johanna auf den kupfernen Klingelknopf und lauschte, aber nur das ferne Rauschen der Ostseewellen drang an ihr Ohr. Drinnen im Haus blieb alles still, Holger musste bereits in der Werfthalle sein. Sie lief zurück auf die verschneite Auffahrt und blickte noch einmal zu den dunklen Fenstern hinüber. Sie glaubte, hinter den karierten Scheibengardinen der Küche einen Schatten zu erkennen. Abwartend verharrte sie ein paar Sekunden. Doch nichts. Wahrscheinlich hatte sie sich getäuscht.

Johanna folgte dem kleinen Trampelpfad durch den Schnee hinunter zur »Ruhnke-Werft«. Auf dem abschüssigen Hang konnte sie die schneeverhangenen Wolken über der grauen Ostsee treiben sehen. Ihr Großvater hatte diese trüben, dunklen Wintertage geliebt … die Einsamkeit am Strand, das wilde Tosen der Ostsee, der graue, weite Himmel … Er sagte immer, seine Seele schöpfe Kraft aus der rauen, unbezwingbaren Natur. Nach einem langen Spaziergang in dieser Abgeschiedenheit steckte er immer voller neuer Ideen und unermüdlichem Tatendrang, während das triste Wetter bei ihr stets ein Seelentief hervorrief. Sie atmete tief ein. Alles wehmütige Erinnerungen, aus denen allmählich die Farben verblassten, bis nur noch eine nebulöse Vorstellung übrig blieb. In zwei Tagen war sein Begräbnis, und noch immer hatte sie keine Antwort auf seinen sinnlosen Tod.

Das große Tor der Werfthalle stand weit offen, und der gellende Lärm einer Schleifmaschine schallte heraus. Das Innere war durch die grellen Neonröhren hell erleuchtet. An den Längsseiten lagerten mehrere Boote in Planen verhüllt nebeneinander, versetzt in einen langen Winterschlaf. In der Mitte befand sich ein aufgebockter Fischkutter. Johanna verlangsamte ihren Schritt und setzte vorsichtig die Füße in die große Halle.

»Holger? Bist du da? Ich bin es. Johanna!«

Ob ihr Schreien den Krach übertönte, hätte sie nicht sagen können, doch die Schleifmaschine verstummte. Hinter den beschlagenen Scheiben der Steuerkabine lugten die karottenroten Haare von Sören Peters hervor. Als er sie erblickte, kletterte er eilig die Sprossenleiter hinab und kam auf sie zu. Schamlos glitten seine Augen über ihren Körper. Er wischte sich seine ölverschmierten Hände an einem dreckigen Lappen ab und reichte ihr die Hand.

»Hallo Johanna! Schön, dich zu sehen.«

Eine Bierfahne umnebelte ihre Nase. Widerstrebend starrte sie auf die schmutzige Hand. Um der unangenehmen Situation zu entgehen, schaute sie sich suchend in der Werfthalle um.

»Ist Holger nicht hier?«

Betreten steckte er die Hände in seinen Blaumann. »Er ist unten am Hafen.«

»Komisch, ich hätte ihn doch sehen müssen.« Sie wandte sich zum Gehen. Doch Sören Peters hielt sie auf.

»Das mit dem Feuer in deinem Haus tut mir leid.«

»Du kannst ja nichts dafür, Sören.« Johanna lächelte zaghaft.

Um seine Mundwinkel nahm sie ein leichtes Zucken wahr, als wolle er darauf etwas erwidern. Doch er starrte sie nur weiter unentwegt an. Seine zudringlichen Blicke wurden ihr plötzlich unerträglich.

»Du wohnst jetzt bei deiner Tante in der Pension, ja?« Es war mehr eine Feststellung als eine Frage.

»Vorübergehend«, sagte sie hölzern und schaute sich suchend nach dem Werftinhaber um. Wo steckte er nur?

»Und dieser Professor? Ist der auch noch …«

»Was stehst du hier herum, Sören? Sieh zu, dass du an die Arbeit kommst!« Holger Ruhnkes tiefe Stimme polterte durch die hohe Halle. Der Schatten seiner massigen Gestalt ragte im lichtdurchfluteten Eingangstor auf, die Fäuste in die Seiten seiner Steppweste gestemmt. Langsam kam er auf sie zu. Sören Peters zog hastig die Hände aus den tiefen Taschen seines Overalls und stapfte beleidigt zum Kutter zurück. Ein wütendes Funkeln blitzte in seinen grünen Augen auf. Aber was immer er sagen wollte, er schluckte es hinunter.

Holger Ruhnke riss sich die Strickmütze vom Kopf und umarmte Johanna innig. Ein paar Sekunden später sah er sie mit väterlichem Blick aufmerksam an. »Wie geht es dir?«

»Danke. Ich komme zurecht.«

»Wirst du fürs Erste bei Waltraut in der Pension wohnen?«

»Ja, bis ich weiß, was mit dem Atelierhaus passiert.« Ihre Stimme klang mutlos. »Ich könnte ins Pfarrhaus ziehen, doch im Moment will ich einfach nicht allein sein.«

»Das kann ich gut verstehen.«

»Ich bin wegen der Bilder gekommen.«

»Mach dir mal keine Sorgen, die können so lange hier auf der Werft bleiben, bis du einen geeigneten Platz dafür gefunden hast.«

Verstohlen blickte Johanna auf den grauen Betonboden. »Deswegen bin ich nicht hier. Sie sind das Einzige, was mir aus meinem Zuhause noch ganz geblieben ist. Ich würde sie gerne sehen.«

Ruhnke nickte verständnisvoll und legte seinen kräftigen Arm um ihre schmalen Schultern. »Komm.«

Vorbei an dem aufgebockten Fischkutter gingen sie durch die große Halle. Das nervtötende Geräusch der Schleifmaschine setzte wieder ein. Doch das unangenehme Gefühl, als würde Sören mit seinen schamlosen Blicken ihren Rücken durchbohren, blieb.

»Ich habe die Bilder in meinem Warmlager verstaut, da

sind sie wohl am besten aufgehoben«, sagte Holger und schloss eine graue Stahlblechtür auf.

Johanna war überrascht. Ruhnke hatte die großformatigen Gemälde hochkant gelagert und akkurat aneinandergereiht. Fast drängte sich der Eindruck auf, Holger habe sie kategorisiert. Die nicht gerahmten Bilder, ihre kleineren Zeichnungen und Aquarelle, lagen ordentlich übereinandergestapelt in einem Stahlregal.

»Du hast dir ja so viel Arbeit gemacht«, staunte sie.

»Ich habe deine Mutter sehr gut gekannt. Das bin ich ihr schuldig«, erwiderte er und räusperte sich verlegen.

Sie streifte die Handschuhe ab und klappte mit steifen Fingern vorsichtig die Rahmen auseinander. Das Aneinanderschlagen der Hölzer schallte leise durch den kleinen Raum. Beim Betrachten überkam Johanna die Trauer um alles Verlorene, ihre Augen füllten sich mit Tränen. Doch sie empfand auch Dankbarkeit. Erst jetzt wusste sie die Bilder ihrer Mutter und auch ihre eigenen richtig zu schätzen.

»Bereust du inzwischen, dass du das Kunststudium in den Wind geschrieben hast?«

Lautlos war Holger hinter sie getreten. Sein Blick verharrte auf dem Ölgemälde mit dem Fischkutter. Sie hatte es im letzten Sommer unten am Hafen gemalt. Unschlüssig kaute Johanna auf ihrer Unterlippe.

»Ich wusste damals nicht, ob die freie Kunst wirklich das ist, was ich will. Friedrichs Drängen ließ mir kaum die Luft zum Atmen.«

Er klopfte ihr mitfühlend auf die Schulter und wandte sich zum Gehen. »Es ist nie zu spät dafür. Dein Vater wäre stolz auf dich.« Die Stahltür fiel laut ins Schloss.

Verblüfft drehte Johanna sich um, doch Holger war bereits verschwunden. Hatte sie richtig gehört? Achim und er hatten sich doch nie ausstehen können. Soweit sie sich erinnerte, waren sie sich ihr Leben lang aus dem Weg gegangen. Was eigentlich genau zwischen ihnen vorgefallen war, wusste sie nicht. Sie wusste nur, dass ihr Vater sich für Kunst überhaupt nicht interessiert hatte.

Wenige Augenblicke später folgte Johanna dem Bootsbauer nach draußen. In der Werfthalle war jetzt alles still, geisterhaft thronte der Kutter auf dem Bock. Verstohlen wanderten ihre Augen umher, aber Sören Peters ließ sich zum Glück nicht wieder blicken. Mit schnellen Schritten erreichte sie das Tor und lief über das verschneite Werftgelände. Doch Holger war verschwunden.

Schließlich fand sie ihn unten am Bootshafen. Mit verschränkten Armen lehnte er an einem der festgemachten Boote. Sein entrückter Blick ruhte starr auf der schwarzen Ostsee. Johanna tat es ihm gleich und stützte sich mit den Händen hinter dem Rücken ab. Der kalte Ostwind kniff hart in ihr Gesicht, ihre Lippen schmeckten nach Salz. Ein paar Möwen kreischten am dunklen Himmel, ehe sie sich auf der Suche nach Fischen in die brechenden Wellen stürzten.

Johanna erinnerte sich an Richards Worte und schaute Holger fragend von der Seite an. »Kanntest du jemanden, der damals über die Ostsee geflohen ist?«

Er blieb völlig regungslos. Zuerst dachte sie, er hätte sie nicht gehört, und wollte ihre Frage wiederholen. Aber dann drehte er sich zu ihr um und sagte mit gebrochener Stimme: »Ich kannte die, die zurückgeblieben sind.« Ruhnke stieß sich von dem Boot ab und stapfte ohne ein weiteres Wort davon.

29. Dezember

Durchdringend hallte das Scheppern der Kofferklappe über den menschenleeren Pfarrhof. Richard Gruben steckte den Autoschlüssel in die Jackentasche und blickte zu Semmerings Haus hinüber. Gottverlassen ruhte es auf der kleinen Anhöhe. Von der Lebendigkeit, die in den vergangenen Jahrzehnten dort geherrscht hatte, war nichts mehr zu spüren. Der noch unberührte Schnee versperrte den Weg zum Eingang, ungepflegt quollen Zeitungen und Werbeprospekte aus dem Briefkasten. Semmering war tot, und mit jedem Tag, der verging, schien das Pfarrhaus immer mehr in Vergessenheit zu geraten.

Von Trauer erfüllt drehte Richard sich weg. Er stieg in den alten Kombi, startete den Motor und fuhr vom Hof. Das, was zu erledigen war, hatte er getan. Die Kopie der »Meeresschönheit« stand wieder an ihrem alten Platz. Doch noch immer schaffte er es nicht, Johanna die Wahrheit über das Bild zu beichten. Sie wirkte so zerbrechlich. Auch wenn Waltraut Mulsow anderer Meinung über ihre Gefühlswelt war, glaubte er nicht, dass sie diese mentale Stärke besaß. Vielleicht machte er sich auch selbst etwas vor und wollte einfach nicht wahrhaben, dass Friedrich ein Kunstfälscher gewesen war.

An der Abzweigung zum Forsthaus fiel ihm ein farbiges Werbeschild auf: »Töpferhof Grams«. Er erinnerte sich an die freundliche Einladung von Ute Grams vor ein paar Tagen. Spontan bremste Richard das Auto und bog in die schmale Seitenstraße ein. Der Schnee war hier noch nicht so platt gefahren wie auf der Hauptstraße. Er musste höllisch aufpassen, um die Spur zu halten. Nach ein paar hundert Metern konnte er auf der rechten Seite einen großen

Resthof ausmachen. Diese alten Bauernhöfe waren typisch für Mecklenburg, und man fand sie in fast jedem Dorf am Ortsrand. Als er näher kam, wusste Richard sofort, dass er hier richtig war. Das ehemalige rot verklinkerte Bauernhaus mit dem flachen Seitengebäude, das als Werkstatt diente, war unschwer als Töpferhof zu erkennen. In den großen Fenstern stapelte sich buntes Keramikgeschirr in allen Größen, Variationen und Farben. Über dem schmiedeeisernen Tor zur Hofeinfahrt hing das gleiche Schild wie an der Kreuzung. Nur der silberblaue Passat davor verwirrte ihn. Was suchte Bert bei Ute Grams? Er parkte den alten Astra direkt neben dem Polizeiwagen und stieg aus. Als Richard das Tor passierte, kam der Beamte gerade aus dem Bauernhaus und steuerte auf ihn zu. Auf Höhe der Keramikwerkstatt blieben sie beieinander stehen.

»Was treibt dich denn zu der Grams?«, schnaubte Mulsow als Begrüßung.

»Sie hat mich eingeladen, mal vorbeizuschauen. Und da ich gerade in der Nähe war …« Richard ließ den Satz unvollendet und hob vielsagend die Schultern.

»Wusste gar nicht, dass sich Kunstprofessoren auch für solchen Firlefanz interessieren.« Leicht amüsiert deutete er mit dem Kopf zur Werkstatt.

»Ich bin Tourist. Da darf man das.«

Bert Mulsow grinste schief und setzte sich wieder in Bewegung.

»Ich muss los. Wollte nur den Schlüssel von der Grams holen, um in der ›Kunstscheune‹ was zu überprüfen.«

Richard wurde hellhörig. Der Streit zwischen Gravenhorst und Ute Grams vorgestern Abend kam ihm in den Sinn. »Habt ihr einen konkreten Verdacht?«

Zögernd blieb der Polizist stehen. Er wirkte unentschlossen. »Womöglich hat Semmering uns allen etwas vorgemacht.«

»Wie meinst du das?«

Mit wachsamem Blick musterte Mulsow ihn. »Du kanntest ihn besser, Richard. Betrug im großen Stil, passte das zu dem Alten?«

Hatte der Polizist bereits eine Ahnung, dass die »Meeresschönheit« ursprünglich dem Museum gehörte und nicht Friedrich? Bert Mulsow war nicht dumm. Früher oder später würde er dahinterkommen. Er hoffte nur, es würde bis dahin noch etwas Zeit ins Land streichen.

»Ich habe ihn vor sechzehn Jahren das letzte Mal gesehen. Wer weiß schon, welche Wendung sein Leben genommen hat?«

Der Beamte schüttelte leicht den Kopf. »Entschuldigt das eine Straftat?«

Unschlüssig zuckte Richard mit den Schultern. Was sollte er darauf erwidern?

»Ruhnke hat uns einiges zu erklären«, schnaubte Mulsow grimmig.

»Der Bootsbauer?«

»Wir wissen jetzt, dass Ruhnke mit Semmering vor dem Mord gestritten hat. Sören Peters wollte seine Mutter von der Schule abholen, er hat die beiden an dem fraglichen Abend gesehen.«

Richard hatte den Rotschopf schon völlig vergessen.

»Sören hat nicht gehört, um was es in ihrem Streit ging, doch Ruhnke konnte sich wohl kaum noch beherrschen. Er hat den Alten am Kragen gepackt und bedroht«, sagte Mulsow, während er den Autoschlüssel aus seiner Hosentasche fischte. Ohne sich zu verabschieden, stapfte er davon. Richard blickte ihm verwirrt nach. Warum waren der Bootsbauer und Semmering so heftig aneinandergeraten? Nach engen Freunden klang das nicht.

»Was führt Sie denn zu mir?«

Eine helle Stimme riss ihn aus seinen Gedanken. Richard

drehte sich um. Ute Grams stand mit der Hand auf der Türklinke zur Werkstatt und lächelte ihn freundlich an. Ihr roter Poncho leuchtete in der winterlichen Tristesse.

»Sie haben mich eingeladen. Schon vergessen?«

»Professor, eine Koryphäe wie Sie in unserem kleinen, beschaulichen Dorf, wie könnte ich das vergessen?«, lachte sie auf.

***

»Wie lange leben Sie schon in Fahrenende?«

Richard und Ute Grams saßen sich in einer Ecke der Werkstatt gegenüber und tranken grünen Tee. Der Professor hatte Mühe, die zierlichen, flachen Keramikschälchen mit der Hand richtig zu greifen. Wärmend lief der heiße Tee seine Kehle hinab, während er sich in den Räumlichkeiten umschaute. Die kleine Töpferei musste für Ostsee-Urlauber eine wahre Fundgrube sein. Von der Zuckerdose mit Möwenmotiv bis zur Kaffeekanne in Leuchtturm-Form konnte der Besucher seine Koffer mit kitschigen Mitbringseln ausreichend bestücken. Doch es gab auch sehr ansprechende Keramik, und dem aufmerksamen Betrachter entging nicht, dass Ute Grams ihren Beruf mit künstlerischer Ernsthaftigkeit betrieb.

»Ich habe den Resthof vor fünfzehn Jahren gekauft. Nach meiner Scheidung brauchte ich einen kompletten Neuanfang, also verließ ich das konservative Bayern und versuchte, meine neu gewonnene Freiheit hier in Mecklenburg zu genießen. Wenn ich geahnt hätte, was auf mich zukommt, hätte ich diesen Schritt wohl nicht gewagt. Sie können mir glauben, Professor, der Umbau des Hofes hat mich eine Menge Nerven gekostet.«

»Inwiefern?«

»Den Leuten im Dorf war meine Töpferei von Anfang an

ein Dorn im Auge. Ständig gab es irgendwelche Beschwerden. Erst drei Jahre später konnte ich eröffnen«, erzählte sie mit Ärger in der Stimme.

Richard stellte zum wiederholten Male fest, dass es den Einheimischen ausgesprochen schwerfiel, Fremde in ihrer Mitte zu akzeptieren. Obwohl er bei Ute Grams nicht verstand, woran es lag. Er dachte an den Nachmittag in der »Dünenklause«, als der Ortsvorsteher Gravenhorst sie viel zu hart in die Schranken gewiesen hatte. Sie war eine angenehme und kluge Gesprächspartnerin, mit ihrer herzlichen Art würde sie das Dorfleben sicher bereichern.

»Und wovon haben Sie die ersten Jahre gelebt?« Er sah sie über den Rand seiner Teeschale hinweg an.

»Zimmervermietung«, antwortete sie. »Drüben im Dachgeschoss habe ich drei Fremdenzimmer, das Geschäft mit der See läuft immer.«

Sie schenkte ihm nach und schaute nachdenklich durch die hohen Werkstattfenster.

»Einzig Friedrich Semmering hat mich von Anfang an unterstützt. Ohne ihn hätte ich die Flinte wohl ins Korn geworfen.«

»Ja, Friedrich war Fremden gegenüber immer aufgeschlossen. Eine Eigenschaft, die nicht viele hier im Dorf besitzen«, stellte er fest.

»Ich denke, auch Friedrich ist immer ein Fremder in Fahrenende geblieben, sein Beruf brachte das unweigerlich mit sich. Das hat uns zusammengeschweißt«, sagte sie. »Der Mecklenburger traut von Natur aus niemandem über den Weg und versucht, sein Innerstes zu verbergen.«

Diese Erfahrung teilte Richard inzwischen auch. Er blickte auf die Uhr und erhob sich. »Ich muss weiter. Vielen Dank für den Tee.«

Sie schüttelten sich die Hände, und Richard griff nach seiner Jacke. Ute Grams ging voran, um ihm die Tür zu öffnen. Fast hätte er die dicke Steppweste übersehen, doch das staubige Grau passte so gar nicht zu der farbenhungrigen Töpferin. Unweigerlich überkam Richard das Gefühl, dass nicht nur die Alteingesessenen im Dorf etwas zu verbergen hatten.

»Was gibt es da zu grinsen? In den Achtzigern trugen kleine Mädchen so was nun einmal!« Johanna blitzte Richard mit ihren braunen Augen schelmisch an. Es war schön, sie wieder lächeln zu sehen.

Als er am frühen Abend von seinem Besuch bei Ute Grams in die Pension zurückkehrte, fand er Johanna und ihre Tante in der Küche. Draußen war es bereits dunkel, und sie hatten das Deckenlicht eingeschaltet. Es roch nach Pfefferminztee und Zimtplätzchen. Die beiden Frauen hatten alte Schuhkartons und abgegriffene Alben mit Fotos herausgeholt und bestaunten Schnappschüsse aus längst vergangenen Tagen. Richard stand zunächst noch zögerlich im Türrahmen, unsicher, ob er dabei störte. Die beiden waren so aufgekratzt in ihre Erinnerungen versunken, dass er sich wie ein Eindringling vorkam. Doch Johanna spürte seine Verlegenheit. Sie rückte einen Platz auf der Eckbank weiter und lud ihn mit einem Lächeln ein, sich zu setzen.

Neben ein paar verblassten Farbfotografien waren die meisten der Bilder Schwarzweißaufnahmen aus den siebziger und achtziger Jahren. Kinderfotos jeden Alters von Bert und Johanna, Hochzeiten, Familienfeiern, aber auch wunderschöne Naturfotos waren darunter … Waltraut Mulsow besaß zweifelsohne Talent.

Noch immer grinsend drehte Richard den Schnappschuss, der Johanna mit weißen Kniestrümpfen und buntem

Strickrock zeigte, um: 1. Mai 1987. Mit einem spöttischen Blick legte er das Foto zu den anderen zurück.

Waltraut Mulsow lächelte amüsiert. »Ich erinnere mich noch gut an diesen Tag. Es war Johannas sechster Geburtstag. Der Rock war ein Geschenk von mir.«

»Siehst du, jetzt hast du Waltraut gekränkt.« Gespielt ärgerlich kniff Johanna ihm in den Arm und wühlte weiter aufgeregt in dem Stapel herum.

»Dass du noch so viele Bilder von früher hast, Tante Waltraut«, staunte ihre Nichte.

»Das Fotografieren war ein bisschen Hobby von mir. Leider blieb wegen der vielen Arbeit nicht genug Zeit dafür.« Versonnen blickte die alte Dame auf die Abzüge.

Richard griff nach einem kleinen Foto mit weißem Rand. Ein junges Paar in einem gestreiften Strandkorb. Der Mann trug eine dunkle Uniform. Die Mütze lag locker zwischen seinen Händen. Stolz, fast zufrieden, blickte er mit breiter Brust in die Kamera. Neben ihm, versteckt im Schatten des Korbes, lehnte sich eine Frau zurück. Auch wenn ihr Gesicht nur undeutlich zu erkennen war, erkannte Richard, dass sie eine wunderschöne, junge Frau war. Doch nur ihre körperliche Hülle war am Strand, ihre Seele weilte offensichtlich ganz woanders. Sie hatte den Blick auf das Meer gerichtet und wirkte so traurig. Selbst das Baby in ihrem Arm schien sie nicht wahrzunehmen. Das musste Johanna mit ihren Eltern Eva und Achim Trestorf sein, dachte er. Eine glückliche Familie sah anders aus.

»Holger war als junger Mann ja ein richtig flotter Kerl.« Johanna lachte überrascht auf und reichte Richard das Foto, das sie gerade entdeckt hatte.

Ruhnke war kaum wiederzuerkennen. Zwanzig Kilo leichter, volles Haar, ein sorgenfreier Blick. Er hockte mit einer Gruppe junger Leute am Strand. Ein herrlicher Sommertag am Meer. Neben Ruhnke lachte eine junge Frau, nur in ein Badetuch gehüllt, glücklich in die Kamera. Beinahe hätte er sie nicht wiedererkannt. Zwischen diesem Foto und der Aufnahme vom Strandkorb schienen Welten zu liegen. Doch es war Eva Trestorf. Ohne Zweifel. Sie wirkte locker und gelöst.

Johanna, die ihm über die Schulter schaute, tippte mit dem Finger auf das Foto. »Die Frau hinter Holger ist doch Kerstin Ruhnke, oder?«

»Ja, aber zu der Zeit waren die beiden noch kein Paar«, bestätigte Waltraut Mulsow.

Richard stellte fest, dass sie schon damals diesen verbissenen, gehetzten Gesichtsausdruck gehabt hatte, mit dem sie ihm in der »Dünenklause« in die Arme gelaufen war.

»Und wer sitzt da meiner Mutter gegenüber?«, fragte Johanna.

Auf einem schmalen Handtuch, mit ausgestreckten Beinen und die Hände hinter dem Rücken im Sand vergraben, saß ein junger Mann mit dunklem, schulterlangem Haar. Sein Alter war schwer zu schätzen, vielleicht Ende zwanzig, Anfang dreißig. Er schaute zu Eva Trestorf hinüber. Das grobkörnige Foto ließ nur einen undeutlichen Blick auf sein Gesicht zu, doch seine Zuneigung war nicht zu übersehen. Der Mann kam Richard vage bekannt vor, als hätte er ihn schon einmal gesehen, nur viel älter. Doch sosehr er sich auch anstrengte, er konnte nicht sagen, woher er ihn kannte.

Waltraut Mulsow riss ihm das Foto aus den Händen und taxierte es für ein paar Sekunden. Die Leichtigkeit, mit der sie eben noch in den alten Erinnerungen geschwelgt hatte, war verschwunden. Sie kannte den Mann. Ihr Blick sprach Bände.

»Das muss wohl einer von Friedrichs Studenten gewesen sein. Du weißt ja, dein Großvater hatte das Pfarrhaus immer voll junger Leute«, sagte sie knapp.

Die Pensionsinhaberin legte das Bild in einen der abgegriffenen Schuhkartons zurück, erhob sich vom Stuhl und zog die blauen Vorhänge zu. Richard bemerkte, dass sie für einen kurzen Moment in ihren Bewegungen innehielt. Offenbar hatte das Foto vergessen geglaubte Erinnerungen wachgerufen. Doch Waltraut Mulsow fasste sich schnell wieder und drehte sich fragend um. »Möchten Sie mit uns essen, Professor?« Die leichte Unsicherheit von eben war verschwunden.

Richard wollte gerade zu einer Antwort ansetzen, doch ein lautes Poltern an der Haustür ließ die drei aufhorchen. Schwere Stiefel schlurften über den Korridor. Sie gehörten Bert Mulsow.

»Ach, du kannst gleich mit uns essen. Es gibt Rinderrouladen mit Kartoffelklößen«, rief seine Tante ihm freudig entgegen.

Mittlerweile kannte Richard die Vorlieben des Polizisten sehr gut, und dass er bei der Aussicht auf eine leckere Mahlzeit mit ernstem Gesicht dreinschaute, konnte nichts Gutes bedeuten. Mulsow knöpfte seine dicke Uniformjacke auf, schob die Mütze in den Nacken und wischte sich mit dem Handrücken über die glänzende Stirn.

»Leider habe ich keine guten Nachrichten«, setzte er mit einem Zögern an. »Bei den Untersuchungen im Atelierhaus haben die Kollegen Reste eines flüssigen Brandbeschleunigers gefunden. Was im Klartext heißt, wir müssen bei dem Feuer von Brandstiftung ausgehen.«

Johanna wurde blass. Ihre Stimme war nur noch ein Wispern. »Aber das bedeutet ja, irgendjemand hat einfach in Kauf genommen, dass mir dabei etwas zustoßen könnte.«

Bert Mulsow schüttelte heftig den Kopf. »Nein, Johanna. Wer auch immer den Brand gelegt hat, wollte dich töten.«

***

Das Rauschen des Küstenwaldes drang bedrohlich durch das kleine Fenster der »Silbermöwe«. Er hatte das Licht nicht eingeschaltet, nur der grelle Bildschirm seines Laptops erhellte den Raum. Richard hockte auf dem Bett und versuchte zu arbeiten. Aber er konnte sich auf nichts konzentrieren. Er würde bei dem Museum in England die Abgabefrist für das Gutachten verlängern müssen. So viel stand fest. Er benötigte einfach mehr Zeit, denn bis auf das Checken von E-Mails fühlte er sich momentan zu nichts in der Lage. Bert Mulsows Worte spukten unaufhörlich in seinem Kopf umher. *Wer auch immer den Brand gelegt hat, wollte dich töten.* Er hatte Angst. Angst um Johanna, Angst, etwas zu übersehen, Angst, nicht rechtzeitig da zu sein, wenn sie ihn brauchte. In der Brandnacht wäre sie beinahe gestorben, nur weil er zu feige gewesen war, noch einmal am Atelierhaus vorbeizufahren. Nicht auszudenken, was gewesen wäre, hätte sie nicht bis spät in der Nacht im Atelier gearbeitet. Vorhin in der Küche hatte es wieder diese alte Vertrautheit zwischen ihnen gegeben wie in den Tagen, bevor er sie mit seinem jämmerlichen Verhalten am Heiligabend verletzt hatte.

Müde klappte Richard den Laptop zu und fuhr sich mit den Händen über das Gesicht. Die Brandstiftung kam für ihn nicht wirklich überraschend. Seit der Feuernacht schwelgte in seinem Innersten die Gewissheit, dass der Mord an Friedrich und das Feuer im Atelierhaus zusammenhingen. Ganz zu schweigen von seinem nächtlichen Verfolger. Doch wo war die Verbindung? Irgendetwas hatte er übersehen. Er spürte, dass er nur noch die Hand danach ausstrecken musste, bekam es aber nicht zu fassen.

Semmering hatte ihn um Hilfe gebeten, damit er sich ein ganz bestimmtes Bild ansah. Nicht die »Meeresschönheit« von Kehrendorff, davon war Gruben inzwischen überzeugt. Der Alte wusste sehr genau, womit er sich als Kunstexperte in den letzten Jahren beschäftigt hatte. In den wenigen Telefonaten, die sie miteinander geführt hatten, war seine Arbeit für den englischen Kunstmarkt immer wieder zur Sprache gekommen. Und das musste der Grund sein, warum er ihn zu sich eingeladen hatte.

Das trübe Licht der Straßenlaterne zauberte bizarre Muster auf die Wände des dunklen Zimmers. Er schob seinen Computer von den Knien und lauschte in die Stille des Hauses. Kein Klappern aus der Küche, keine dumpfen Fernsehklänge, kein Flüstern auf dem Flur. Alle in der Pension schienen sich in ihr eigenes Schneckenhaus zurückgezogen zu haben. Nur der kalte Wind rüttelte unermüdlich an den Fensterscheiben.

Richard rappelte sich aus dem Bett, zog seinen Pullover über den Kopf und nahm die Uhr vom Handgelenk. Im Bad stellte er die Dusche an und ließ das heiße Wasser für ein paar Sekunden über seine Hände laufen. Durch das Plätschern des Wasserstrahls hätte er das zaghafte Klopfen beinahe nicht gehört. Hastig drehte er den Hahn zu und lief zur Tür. Im Flur war es finster, und nur durch das Licht aus dem Badezimmer fiel ein weicher Schimmer auf Johannas Gesicht. Ihre braunen Augen blickten ihn abwartend, fast schüchtern an. Für einen Moment war er wie gelähmt, hatte Angst, wieder das Falsche zu tun. Sie setzte an, etwas zu sagen, doch schnell legte er ihr zwei Finger auf die weichen Lippen. Mit der anderen Hand tastete er nach ihrer und zog sie an sich.

30. Dezember

»Lasst uns nun zum Acker Gottes gehen und den Leib des Verstorbenen zu seiner Ruhestätte bringen.« Die sonore Stimme des Pastors hallte durch die kleine Feldsteinkirche. Hoch oben im Turm setzte das klangvolle Läuten der Glocken ein. Mit lautem Scharren erhoben sich die etwa fünfzig Trauergäste von den Holzbänken und reihten sich am Mittelgang auf. Sechs Männer in schwarzen Anzügen stemmten Friedrich Semmerings schweren Eichensarg auf ihre Schultern und folgten dem Pastor ins Freie.

Dahinter ging Johanna. Die tränennassen Augen starr auf den Sarg geheftet, wirkte sie tief in die eigenen Erinnerungen versunken. Das Strahlen auf ihrem Gesicht, das Richard beim Erwachen empfangen hatte, war verschwunden.

Sie hatte so glücklich ausgesehen, so vollkommen. Das Morgenlicht hatte sich in ihrem braunen Haar gespiegelt, das für einen winzigen Moment rötlich glänzte. Weich war es auf ihre schmalen Schultern gefallen, fast wie gemalt. Sie hockte auf der Bettkante, knöpfte ihr verwaschenes Jeanshemd zu und sah lächelnd zu ihm hinüber. Doch sein Blick blieb ernst. Er wollte sie nicht allein gehen lassen, was sie ein wenig amüsierte.

»Was soll mir denn hier schon passieren?« Sanft wuschelte Johanna ihm durch das zerzauste Haar. »Außerdem holt Michael mich in einer Stunde ab.«

Richard griff nach ihrer warmen Hand. »Irgendjemandem da draußen bist du im Weg. Sei vorsichtig! Versprich mir das, ja?«

Sie nahm sein Gesicht zwischen ihre Hände und küsste ihn, lang und zart. »Versprochen.«

Seitdem hatten sie sich nicht mehr gesehen. Johanna war

mit ihrem Bruder vorausgefahren, um einen letzten Moment mit Friedrich allein zu haben. Mit gesenktem Kopf schritt sie nun langsam hinter dem Sarg ihres Großvaters her. Der graue Mantel ließ sie noch bleicher, noch zerbrechlicher erscheinen. Das lange braune Haar war zu einem festen Knoten zusammengesteckt. Richard konnte sehen, dass sie sich bei Michael Trestorf untergehakt hatte. Ihrem Bruder schien es wieder besser zu gehen. Bis auf ein schmales Pflaster auf der Stirn sah man ihm die Folgen der Brandnacht nicht mehr an. Das Blond seiner streng nach hinten gekämmten Haare wirkte im schattigen Licht der Kirche eine Spur dunkler.

Den beiden folgte eine größere Gruppe von Leuten, die Richard nicht kannte. Er vermutete entfernte Verwandte, enge Künstlerfreunde, sicher auch Vertreter aus Kultur und Politik. Als die Ersten die Kirchentür durchschritten, traten die wenigen anwesenden Dorfbewohner in den Gang. Holger und Kerstin Ruhnke, zwei Männer aus dem Verein, die er aus der »Dünenklause« kannte, und Waltraut Mulsow. Gravenhorst war nicht anwesend, was Gruben erstaunte. Als Ortsvorsteher und Vereinsmitglied hätte es schon allein der Anstand geboten, der Beerdigung beizuwohnen. Ganz am Ende schloss sich Richard zusammen mit Ute Grams dem Trauerzug an. Sie hatte sich zu ihm in eine der hinteren Bankreihen gesetzt, leise, nur mit einem stummen Kopfnicken. Beinahe hätte er sie nicht erkannt. Das kupferrote Fransenhaar steckte unter einer grauen Schiebermütze, ihr zierlicher Körper verschwand unter einem überdimensionalen Wollmantel.

Nach der Dunkelheit in der Kirche blendete Richard draußen vor dem Portal das Weiß des Winters. Seit den frühen Morgenstunden hatte es wieder angefangen zu schneien. Dicke Flocken wirbelten durch die Luft und legten sich auf Friedrichs schwarzbraunen Sarg. Vorsichtig balancierten die Träger mit ihrer Last über den rutschigen Untergrund, zu groß war die Gefahr zu stürzen. Der Weg bis zur Grabstelle war nicht weit und führte um die kleine seitliche Sakristei herum. Mit weißen Hauben bedeckt ragten die Gedenksteine der Verstorbenen aus dem Schnee. Richard schaute über den Friedhof, und seine Augen streiften das Grab von Eva Trestorf. Das Blau der Lilien leuchtete nur noch als ein winziger Farbtupfer hervor, vergessen unter einem Mantel aus Eiskristallen.

Mittlerweile war der Trauerzug unter den alten Kastanien stehen geblieben. Auf ihren gewaltigen Ästen schimmerte eine dicke blaue Last aus Eis und Schnee. Langsam scharten sich die Menschen um Semmerings Sarg. Das tiefe schwarze Loch in dem weißen Erdboden ließ Richard erschauern. Dieser letzte Ort der Ruhe wirkte auf ihn stets befremdlich. Die Seele des Verstorbenen war noch so greifbar, fast als hörte man ihr Flüstern neben sich, noch immer nicht bereit zu gehen. Doch sie war gefangen in einer hölzernen Kiste, für immer geschluckt von der schwarzen Erde.

Die Worte des Pastors dröhnten über den winterlichen Friedhof, klar und kraftvoll. Doch an Richard flogen sie vorbei. Er sah nicht die trauernden Menschen auf dem Friedhof, fühlte nicht den feuchten Schnee auf seiner Haut, hörte nicht, wie der Sarg mit einem Rumpeln in die Grube glitt. In seinem Kopf rauschten die Bilder eines Sommers vor sechzehn Jahren vorüber … die langen, lauen Nächte im Pfarrgarten, die stickige, brütende Hitze des Ateliers, Johanna als pausbackiger Teenager.

Kalte, eisige Luft wehte durch die »Dünenklause«. Die Tür zum Schankraum stand weit offen, während die letzten Trauergäste sich in ihre Jacken zwängten und sich leise von Johanna verabschiedeten.

Richard, der nur noch mit Trestorf im Wintergarten saß, atmete auf. Das höfliche Geplänkel hatte an seinen Nerven gezerrt … das scheußliche Wetter, die geplante Festwoche der »Kunstscheune«, das magere Angebot für Winterurlauber, wieder das scheußliche Wetter. Friedrichs gewaltsamer Tod wurde regelrecht totgeschwiegen. Doch der Leichenschmaus war vorüber, und Richard war froh, dass dieser Tag endlich hinter ihnen lag. Er sehnte sich nach der einsamen Stille in der kleinen Pension. Und nach Johanna. Sein Blick wanderte zur Tür. Mit einer innigen Umarmung trennte sie sich gerade von Ute Grams. Er sah ihr an, dass sie erschöpft war, dunkle Augenringe lagen auf ihrem blassen Gesicht.

Richard wandte den Kopf zum Fenster. Hinter den fetten Schneeflocken, die lautlos gegen die Glasscheiben flogen, setzte bereits die Abenddämmerung ein. Dabei war es gerade einmal kurz vor vier.

In einer dunklen Ecke am Tresen hockte Holger Ruhnke, stumm über ein Glas Bier gebeugt. Sein Blick war fest auf die abgewetzte Holzplatte gerichtet. Während der Beerdigung hatte er mit niemandem ein Wort gewechselt. Wie angewurzelt stand er abseits des Grabes und starrte auf das Schneetreiben. Später in der »Dünenklause« hatte er sich sofort an die Theke verkrochen, mit dem Wirt ein paar Worte gewechselt und sich seither nicht vom Fleck gerührt. Seine Frau Kerstin hatte sich bereits auf dem Friedhof wortlos verabschiedet.

Laut fiel die Tür ins Schloss, der kalte Luftzug war mit den letzten Gästen verschwunden. Johanna steuerte auf ihren Tisch zu, die Arme fröstelnd um den schwarzen Seidenpullover geschlungen.

»Danke für eure Hilfe und dafür, dass ihr mir so lange beigestanden habt.« Sie lächelte gequält. »Ich muss noch wegen der Rechnung zum Wirt hinüber, dann können wir nach Hause.«

»Ich erledige das.« Michael Trestorf sprang von seinem Stuhl auf und legte Johanna sanft beide Hände auf die Schultern. »Das war doch heute alles ein bisschen viel für dich.«

Es klang freundlich, doch Richard entging der blasierte, leicht anmaßende Unterton in seiner Stimme nicht. Da war er wieder, der selbstsichere, großspurige Architekt, den er kannte. Wehrlos ließ Johanna sich von ihm auf einen der freien Stühle drücken. Richard bemerkte, dass Holger Ruhnke zu ihnen herüberschaute. Angespannt wanderte sein Blick zwischen den beiden hin und her. Der Bootsbauer wollte gerade zu einer Bemerkung ansetzen, als die Tür krachend aufgestoßen wurde. Bert Mulsow, in blauer Uniform, marschierte zielstrebig auf den Tresen zu, im Schlepptau einen hünenhaften Kollegen. Irgendwie gaben die beiden ein komisches Pärchen ab, doch Mulsows entschlossener Gesichtsausdruck ließ die Verbliebenen in der »Dünenklause« verstört aufblicken. Der Beamte baute sich vor Ruhnke auf.

»Holger Ruhnke, ich nehme Sie vorläufig fest, wegen des dringenden Tatverdachts, Friedrich Semmering getötet zu haben.«

»Was soll das? Bist du übergeschnappt, Mulsow?«, schnaubte der Bootsbauer ungehalten.

Richard schaute zu Johanna hinüber. Mit steifem Rücken saß sie da und starrte ungläubig auf die beiden Männer. Ihre rechte Hand umklammerte die Tischkante so krampfhaft, dass die Knöchel ihrer Finger deutlich hervortraten.

»Kommen Sie bitte.« Mulsows Stimme wurde fordernder.

Wutentbrannt knallte Ruhnke mit der flachen Hand auf die Theke. »Jetzt mach aber mal halblang! Wie kommst du auf den Quatsch? Und lass das blöde ›Sie‹.«

»Du erinnerst dich an Wolfgang Fischbacher?«

Ruhnke sah aus, als hätte er einen Schlag ins Gesicht bekommen. Sein grimmiger Ausdruck wich blankem Entsetzen.

Als er nichts auf Mulsows Frage erwiderte, fuhr dieser energisch fort: »Semmering und du, ihr habt Fischbacher im Auftrag der ›Kunstscheune‹ ein Gemälde von Max Kehrendorff für tausendfünfhundert Euro abgekauft. Die ›Meeresschönheit‹, entstanden während Kehrendorffs Sommeraufenthalt im Jahre 1910. Du erinnerst dich?«

Allmählich schien Ruhnke sich wieder zu fangen. »Ist das verboten?«

»Nein«, sagte der Polizist beherrscht. »Doch im Gegensatz zu Herrn Fischbacher wusstet ihr, was er da für einen kleinen Schatz besaß. Damit dieser nicht über euer plötzliches Interesse für das Bild stolpert, habt ihr das Museum vorgeschoben, um es nach einem kleinen, aber unbedeutenden Ankauf für die Ausstellung aussehen zu lassen.«

»Soweit ich weiß, gehört das Bild noch immer dem Museum. Also, was willst du von mir?« Ruhnke verfiel wieder in seinen bärbeißigen Tonfall.

Bert Mulsow schob die Mütze in den Nacken und stemmte anschließend die Hände in die Seiten. »Richtig. Doch die ›Meeresschönheit‹ in der ›Kunstscheune‹ ist eine Fälschung.«

»Und, was habe ich damit zu tun?«

»Mit der Fälschung? Nichts. Das war Semmering. Doch der Plan sah vor, dass ihr das Original zusammen für den reellen Wert verhökert. Aber aus irgendeinem Grund wollte Semmering plötzlich nicht mehr teilen und hat die Sache allein durchgezogen, für achtzehntausend Euro verkauft an ein Auktionshaus in Darmstadt. Du bist dahintergekommen und hast den alten Mann in deiner Wut erschlagen.«

»Bist du verrückt geworden?« Ruhnke sprang von seinem Barhocker. Mit wutverzerrtem Gesicht stürmte er auf Mulsow zu, doch dessen Kollege war schneller. Der Hüne preschte vor, packte Ruhnkes Arme und drehte sie ihm auf den Rücken.

Richard hörte, wie Johanna laut aufschluchzte. Doch er konnte ihre Augen nicht sehen, um an ihnen abzulesen, ob sie über Mulsows Verdacht oder die Tat ihres Großvaters entsetzt war. Trestorf, der noch immer neben ihr stand, massierte sanft ihre linke Schulter. Sein fatzkenhaftes Gehabe ärgerte Richard.

»Wovon redest du, Bert?« Bestürzt schaute Johanna ihren Cousin an.

Bert Mulsow drehte sich zu ihnen um. Er legte den Kopf leicht schräg und blickte verwundert zwischen Johanna und dem Professor hin und her.

»Ich dachte, Richard hätte dir gesagt, dass die achtzehntausend Euro auf dem Konto deines Großvaters aus dem Verkauf des Kehrendorffs stammen?«

Sie rührte sich nicht, blickte stur geradeaus. Nur ihr Oberkörper hob und senkte sich unter ihrem stoßweisen Atem. Unsicher tastete Richard über den Tisch hinweg nach ihrer Hand, mit der sie noch immer die Tischplatte umkrallte. Johanna zog sie weg. Er hatte sie enttäuscht, wieder einmal.

»Lass uns gehen. Ich hole deinen Mantel.« Trestorf schoss in Windeseile zur Garderobe. Er war wieder in der Rolle, in der er sich sicher fühlte, der fürsorgliche, lenkende Bruder.

»Ich wollte nicht, dass du es so erfährst.« Richards Stimme war kaum zu hören.

Doch Johanna hatte ihn verstanden. Langsam, mit steifem Rücken, drehte sie sich zu ihm um. Stumme Tränen liefen über ihr Gesicht. »Hattest du überhaupt die Absicht, es mir irgendwann zu sagen, Richard?«

»Was meinst du?« Er schluckte, er fühlte sich schuldig.

»Du tauchst hier plötzlich nach so vielen Jahren auf und fragst die Leute nach einem Bild aus. Wer sagt mir, dass du nicht schon die ganze Zeit wusstest, wonach du suchen musst?«

Die Worte hallten wie eine Ohrfeige in seinem Kopf. Er war wie gelähmt, nicht fähig, etwas darauf zu erwidern. Was sollte es auch bringen? Er würde alles nur noch schlimmer machen.

Trestorf, der bereits in seiner dicken Daunenjacke steckte, hielt seiner Schwester den Mantel auf. »Komm.«

Johanna drehte sich von Richard weg. Einfach so.

Fassungslos starrte der Professor den beiden hinterher, als sie die »Dünenklause« in Richtung Ausgang durchquerten. Ruhnke, der noch immer von dem Hünen in die Mangel genommen wurde, wollte sich losreißen. Doch ohne Erfolg. Der Polizist hatte ihn fest im Griff.

»Johanna, ich war es nicht! Ich habe Friedrich nicht umgebracht. Bitte glaub mir!«, brüllte der Bootsbauer verzweifelt durch die Kneipe.

Doch sie reagierte nicht, stattdessen ließ sie sich scheinbar willenlos von ihrem Bruder nach draußen führen. Die Tür schlug zu, und ein eisiger Luftzug blieb zurück.

Die beiden Polizisten legten Ruhnke die Handschellen an. Er wehrte sich nicht mehr, ließ alles über sich ergehen. Sein leerer Blick klebte auf dem Fliesenboden. Der Hüne setzte sich in Bewegung und schob Ruhnke, der den Kopf hängen ließ, vor sich her.

Bert Mulsow gab seinem Kollegen ein Zeichen. »Geh schon mal vor. Ich komme gleich nach.« Sein Kopf deutete auf Richard. Mit wenigen Schritten stand er vor seinem Tisch, legte die Mütze ab und setzte sich ihm gegenüber.

»Du wusstest, dass Semmering das Bild gefälscht hat, richtig?«

Richard nickte betreten. »Als Johanna und ich in der Scheune waren, habe ich ihr gesagt, dass der Kaufpreis für die ›Meeresschönheit‹ viel zu niedrig war. Ich wusste sofort, irgendetwas stimmt da nicht.« Sein Mund fühlte sich trocken an. »Also habe ich Johanna vorgeschlagen, das Bild im Labor untersuchen zu lassen. Sie war sofort einverstanden.«

»Darum deine dringende Reise nach Hamburg«, schlussfolgerte der Polizist.

»Ja.« Richards Stimme klang kläglich. Er kam sich vor wie ein Idiot. »Ich bin die ganze Zeit davon ausgegangen, dieser Fischbacher habe Semmering die Fälschung untergeschoben.. Doch im Labor stellte sich heraus, dass die Kopie erst vor wenigen Wochen fertiggestellt worden ist.«

Mulsows Blick blieb unbeweglich auf ihn gerichtet. Da er nichts sagte, fuhr Richard fort. »Es hat nicht lange gedauert, bis mir klar wurde, woher die achtzehntausend Euro auf Semmerings Konto stammten. Er hatte die ›Meeresschönheit‹ gefälscht und das Original klammheimlich an das Auktionshaus in Darmstadt verkauft.«

»Warum hast du Johanna nichts davon erzählt?«

»Das hatte ich doch vor! Aber als ich in der Nacht aus Hamburg zurückkam, stand ihr Haus in Flammen, da wollte ich ihr nicht auch noch die Wahrheit über ihren Großvater zumuten.«

Mulsow betrachtete ihn eindringlich. »Du hättest es mir sagen müssen.«

Richard legte den Kopf nach hinten und atmete tief ein. Er wusste, worauf der Polizist anspielte. Sein Anruf an dem Abend nach dem Feuer. Bert hatte ihn nach der »Meeresschönheit« gefragt, ob er von dem Gemälde gehört hätte. Und er hatte ihn angelogen.

»Es tut mir leid.«

»Entschuldige dich nicht bei mir.« Der Polizist stülpte seine Mütze auf. Er musste weiter.

Doch Richard brannte noch eine Frage unter den Nägeln. »Wie seid ihr eigentlich auf Ruhnke gekommen?«

»Klaus Gravenhorst hat Anzeige erstattet, weil angeblich ein Bild aus dem Museum verschwunden war. Es ist ihm bei einem der wöchentlichen Kontrollbesuche mit Ute Grams aufgefallen. Sie hatte ihm gegenüber zwar behauptet, das Gemälde wäre ein weiteres Mal beim Restaurator, doch Klaus hegte Zweifel, und es kam zum Streit. Schließlich hat er mich angerufen. Und da es sich dabei angeblich auch um die ›Meeresschönheit‹ von Kehrendorff handelte, wurde ich stutzig. Den Rest kennst du. Der Anruf bei Fischbacher hat uns den entscheidenden Hinweis geliefert. Semmering war zusammen mit Holger Ruhnke bei ihm, um das Bild zu kaufen.«

»Das kann doch alles und nichts bedeuten.« Richard schaute ungläubig drein.

»Wie du weißt, hat Sören Peters seinen Chef mit Semmering an besagtem Abend vor dem Pfarrhaus streiten sehen.«

Richard erinnerte sich wieder an seine unerwartete Begegnung mit dem schlaksigen Rotschopf. Warum war der erst jetzt damit herausgerückt?

Mulsow stand auf. »Außerdem hat Ruhnke jede Menge Schulden und kein Alibi. Seine Frau sagt aus, er wäre in der Mordnacht erst früh am Morgen nach Hause gekommen.«

Wie splitterndes Glas knirschte der Schnee unter seinen Outdoorstiefeln. Richard hatte große Mühe, sich zu orientieren, denn im fahlen Licht der Straßenlaternen war der schmale Weg hinter dem Küstenwald kaum noch zu erkennen. Die dicken Flocken, die schon seit Stunden vom Himmel fielen, häuften sich mittlerweile zu einer imposanten Schicht auf. Der stürmische Ostwind trieb den Schnee immer weiter in den Ort hinein.

Er sog die kalte Luft ein. Klar und frisch strömte sie durch seinen müden Körper. Trotzdem konnte Richard keinen klaren Gedanken fassen. Zu viel war passiert. Eigentlich sollte er erleichtert sein, dass Friedrichs Mörder gefasst war. Aber Holger Ruhnke? Sosehr er auch grübelte, es passte einfach nicht. Friedrichs Tod hätte ihm nichts genützt. Die achtzehntausend Euro lagen auf der Bank. Ohne den Alten hätte Ruhnke nie einen Cent davon gesehen. Warum bloß hatte Friedrich sich auf die Fälschung eingelassen? Er war ein Mann der Kunst gewesen, hatte es immer wieder geschafft, sie den Menschen nahezubringen, sie voranzutreiben. Mit so viel Leidenschaft wie kaum ein anderer. Holger Ruhnke brauchte Geld. Dringend. Doch Friedrich? Geld war ihm nie wichtig gewesen. Er lebte für die Malerei. Hatte er es also aus Loyalität zu seinem Freund Ruhnke getan, damit der seine Schulden abbezahlen konnte? Oder hatte der Bootsbauer ihn mit irgendetwas in der Hand gehabt?

Endlich erreichte Richard die Abzweigung zur »Silbermöwe«. Um die Häuser am Strandweg türmten sich bereits meterhohe Berge auf. Wie Zuckerwatte klebte der aufgewirbelte Schnee in den Hecken und Sträuchern der Vorgärten. In der erleuchteten Auffahrt der Pension entdeckte er Waltraut Mulsow, die mühsam einen kleinen Pfad freischaufelte. Das graue Haar steckte unter einer braunen Wollmütze, doch ihr beigefarbener Steppmantel flatterte offen im eisigen Wind. Mit schnellen Schritten war er bei ihr.

»Das lassen Sie mal schön bleiben.«

Erschrocken fuhr sie herum. Sie hatte ihn nicht kommen hören.

»Ach, Professor!«, schnaufte sie völlig außer Atem. »Schleichen Sie sich immer so von hinten an?«

Richard grinste schief. Schwerfällig richtete Waltraut Mulsow sich auf und stützte ihre Arme auf den Schneeschieber. Ihre Stimme klang wieder versöhnlich. »Bewegung tut in meinem Alter gut. Und so viel ist es doch gar nicht.«

»Keine Widerrede. Außerdem tue ich es nur aus Eigennutz. Ich habe Hunger.«

Energisch streckte er die Hand nach der Schaufel aus und umklammerte den Griff. Sie gab sich geschlagen. Mit einem schwachen Lächeln um die Mundwinkel ließ sie los, schlug ihren Mantel zu und stapfte in Richtung Haustür. Erst jetzt fiel ihm auf, dass sie nicht beim Leichenschmaus in der »Dünenklause« gewesen war.

***

Der herbe Duft von Pfefferminztee kroch wohltuend in seine Nase, als Richard den kleinen Frühstücksraum betrat. Aus der Küche vernahm er das laute Klappern von Geschirr.

Waltraut Mulsow hörte ihn kommen und steckte den Kopf zur Tür heraus. »Setzen Sie sich doch schon. Ich bin gleich bei Ihnen.«

Richard Gruben nickte dankbar und steuerte auf den Tisch am Fenster zu. Minutenlang hatte er unter der heißen Dusche gestanden, doch die Schaufelei im Schnee steckte noch immer in seinen Knochen. Wie ein Verrückter hatte er sich durch die weißen Massen gebuddelt, um die Wut in seinem Bauch zu vertreiben. Doch ohne Erfolg. Die Tränen auf Johannas Gesicht waren noch immer da, ihre harschen Worte nicht verschwunden. *Wer sagt mir, dass du nicht schon die ganze Zeit wusstest, wonach du suchen musst?* Richard hatte nicht erwartet, sie in der »Silbermöwe« zu finden. Und doch war er enttäuscht, als er die Klinke hinunterdrückte und ihr Zimmer leer vorfand.

»Danke für Ihre Hilfe!« Waltraut Mulsow reichte ihm einen dampfenden Teller mit verführerisch riechender Gulaschsuppe und setzte sich zu ihm. Für ein paar Minuten musterten ihn ihre trüben Augen nachdenklich.

»Glauben Sie, dass Holger Ruhnke Friedrichs Mörder ist?«

Erstaunt blickte er auf. Sie wusste es bereits?

»Johanna hat mich angerufen.«

Richard schluckte. Er legte den Löffel beiseite und drehte den Kopf zum dunklen Fenster. Noch immer trieben die Flocken wild über den Strandweg. Der alte Kombi war bereits unter einer dicken Schneehaube versteckt.

Er gab Waltraut die Antwort, die ihm als einzige richtig erschien. »Friedrich Semmering hat immer sein Wort gehalten, egal worum es ging. Ruhnke hätte seinen Anteil bekommen, er hatte keinen Grund, ihn zu töten«, sagte er mit brüchiger Stimme. »Auch wenn ich noch nicht verstehe, was Friedrich zu der Fälschung getrieben hat.«

Die Pensionsbesitzerin erwiderte nichts. Nur ihre Augen verrieten, dass seine Worte in ihr arbeiteten. Um die Mundwinkel spielte ein leichtes Zucken, als ringe sie mit sich, ihm etwas zu sagen. Doch dann griff sie geschäftig nach der Thermoskanne und stand auf.

»Der Tee ist kalt. Ich mache Ihnen einen neuen«, sagte sie und marschierte zur Küche. Auf halbem Weg hielt Richard sie auf. Waltraut Mulsow blickte ihn abwartend an.

»Wie geht es Johanna?« Er erschrak, wie kleinmütig es aus ihm hervorbrach.

»Sie ist bei ihrem Bruder«, antwortete sie mit fester Stimme.

»Wir müssen reden. Wann kommst du zurück?«

Richard legte das Handy auf die Fensterbank. Charlotte. Die SMS war schon am Mittag eingegangen, doch er hatte sie eben erst gelesen. Ja, sie mussten reden. Fahrenende sollte die Distanz zwischen ihnen schaffen, die sie brauchten, um ehrlich zu sich selbst zu sein, die Gefühle für den anderen zu hinterfragen. Doch was tat er? Charlotte hatte die Wahrheit verdient. Er nahm sich vor, sie morgen anzurufen. Ihr zu sagen, dass er zum Reden nach Hause käme. Schob er es schon wieder auf? Vielleicht.

Richard starrte auf das Schneetreiben vor seinem Fenster. Das triste Schwarz und Weiß ließ ihn sofort in trübsinnige Grübeleien verfallen. Um sich abzulenken, tastete er nach der Fernbedienung und schaltete den kleinen Röhrenfernseher auf der Kommode ein. Richard sank müde in den schmalen Sessel, der neben seinem Bett stand, und zappte lustlos durch die Programme.

Die »Tagesschau« im Ersten war vorüber, also versuchte er es weiter. Im Dritten ein alter »Tatort« aus Münster, Quiz- und Castingshows bei den Privaten, die Dart-WM im Sportkanal. Irgendwann blieb er bei einem Tierfilm über Elefanten hängen. Die warmen, feurigen Farben Afrikas hellten seine Stimmung auf. Er griff nach einer Flasche Mineralwasser und ließ sich von den bunten Bildern berieseln. Der Sprecher erklärte, dass man zwei Arten unterscheide, die Savannenelefanten und die Waldelefanten. Während der Savannenelefant vorwiegend in Süd- und Ostafrika zu finden sei, komme Letzterer vorrangig im Kongobecken vor.

Richard spürte, wie seine Augenlider schwerer wurden. Mit schläfriger Miene versuchte er, den monotonen Ausführungen des Erzählers zu folgen. Afrikanische Elefantenkühe besäßen im Gegensatz zu ihren weiblichen asiatischen Verwandten sichtbare Stoßzähne, welche bei einem ausgewachsenen Elefantenbullen durchaus bis zu drei Meter lang werden könnten. Die Kamera schwenkte zu einer Großaufnahme der Zähne.

Schlagartig war Richard hellwach. Er fühlte, wie sein Puls in die Höhe schnellte. Wie gebannt starrte er auf den flimmernden Bildschirm. Konnte das wirklich sein? Er sprang aus dem Sessel und lief aufgeregt in dem engen Zimmer auf und ab. Fieberhaft prüfte er die Erinnerung in seinem Kopf. Doch es gab keinen Zweifel, sein Gedächtnis täuschte ihn nicht. 29. Juli 1980. Ein unscheinbares Datum, rechts oben auf einer alten Postkarte aus längst vergessener Zeit. Richard sah sie wieder vor sich, die imposante Elefantenhorde auf der verblichenen Karte aus Afrika. Eine Karte von einem Vater an seinen kleinen Sohn, von Achim Trestorf an Michael Trestorf. Der Kapitän auf großer Fahrt. Und neun Monate später, am 1. Mai, wird seine Tochter geboren?

Hektisch schlüpfte er in seine Stiefel und polterte mit offenen Schnürsenkeln die schmale Treppe hinunter. Er brauchte eine Antwort. Sofort. In der Küche brannte das grelle Deckenlicht, sie war also noch wach. Richard spähte durch die Tür. Die alten Schuhkartons lagen immer noch offen auf dem Tisch, die Fotos davor waren zu einem wahllosen Haufen zusammengeschoben. Waltraut Mulsow beugte sich über die Spüle und tauchte mit gelben Gummihandschuhen die Teegläser in das aufgeschäumte Wasser. Als sein Schatten über das Spülbecken fiel, hob sie überrascht den Kopf. Sie wollte zu einer Frage ansetzen, doch Richards ruheloser Blick ließ sie innehalten.

Er machte zwei Schritte auf sie zu, versuchte das leichte Beben in seiner Stimme zu unterdrücken. »Wer ist Johannas Vater?«

Langsam, als wäre sie mit ihren Gedanken ganz woanders, streifte sie die Handschuhe ab. Das Quietschen des nassen Gummis durchbrach die Stille. Ihr Gesicht wirkte so fahl wie das Grau ihrer Haare. Mit schleppendem Gang steuerte die Pensionsbesitzerin auf den Tisch zu und sank auf einen der Holzstühle. Richard bemerkte, dass ihre Hände, mit denen sie einen der Schuhkartons zu sich heranzog, zitterten. Sie langte nach dem Schwarzweißfoto obenauf und legte es ihm zugedreht auf die karierte Decke. Es war die Aufnahme vom

Strand, die Johannas Mutter mit den Ruhnkes und einer Gruppe junger Leute zeigte.

»Das ist er.«

Ihr knochiger Zeigefinger tippte auf den jungen Mann mit den schwarzen längeren Haaren, der Eva Trestorf gegenübersaß. Richard Gruben trat näher und nahm das Foto in die Hand, um es genauer zu betrachten.

»Irgendwann im Frühjahr 1980 ist er in Fahrenende aufgetaucht«, erzählte sie mit belegter Stimme. »Soweit ich mich erinnere, ist er damals von der Kunsthochschule Weißensee geflogen. Es hieß, wegen gesellschaftlicher Unreife. Semmering hat ihn dann bei sich im Pfarrhaus aufgenommen. Den lieben langen Tag strich er durchs Dorf, hockte unten am Strand vor seiner Staffelei oder trieb sich mit Holger Ruhnke herum.« Es klang ein wenig abfällig. »Eva traf keine Schuld. Jeder Mann fühlte sich zu ihr hingezogen, egal was sie tat. Sie zog die Männer an wie das Licht die Motten. Ich habe Achim gewarnt, es wär nicht gut, seine junge, lebenshungrige Ehefrau monatelang allein zu lassen. Doch mein Bruder hatte nur seine Karriere im Kopf. Den ganzen Sommer über ist er mit dem Schiff die Küste Afrikas runtergeschippert.«

Waltraut stieß einen ächzenden Laut aus. »Ich habe es kommen sehen. Ständig suchte er ihre Nähe, schenkte ihr blaue Lilien, las ihr im Pfarrgarten aus Büchern vor oder ging mit ihr schwimmen. Er liebte die Malerei. Genau wie Eva. Achim hingegen konnte nie wirklich Interesse für die Leidenschaft seiner Frau aufbringen.«

Blaue Lilien. Wie auf dem Friedhof. Richard starrte ungläubig auf das alte Foto. Jetzt wusste er, warum Johannas Mutter an diesem längst vergangenen Sommertag so glücklich aussah. Sie war verliebt, fühlte sich lebendig, begehrenswert.

»Als Johanna im Mai geboren wurde, konnte sich jeder

im Dorf ausrechnen, dass nicht Achim der Vater war«, sagte sie resigniert.

»Was ist aus ihm geworden?«, fragte er ohne aufzuschauen.

Doch eine Antwort blieb aus. Hatte sie ihn nicht gehört? Verwundert hob Richard den Kopf. Waltraut Mulsow hatte sich aus ihrer steifen, fast trotzigen Haltung gelöst, stand auf und schaute durch die dunklen Scheiben in den Schneesturm hinaus. Die knochigen Schultern sackten leicht nach vorn, der verächtliche Ausdruck auf ihrem Gesicht war verschwunden.

»Ich weiß es nicht. Der Sommer verging, und plötzlich war er fort. Das letzte Mal, als ich ihn gesehen habe, war an einem dunstigen Oktobertag, unten am Meer. Der gleiche Tag, an dem mein Bruder unverhofft von seiner Afrikareise heimkehrte. Achim stand in der Tür, genau wie Sie eben, und fragte nach Eva. Er hatte überall nach ihr gesucht, doch er konnte sie nirgends finden. Noch nie in meinem Leben habe ich meinen Bruder so zornig erlebt. Irgendwie war er dahintergekommen, dass Eva ein Verhältnis hatte. ›Eine Trestorf setzt ihrem Mann keine Hörner auf!‹ Das waren seine Worte.«

Richard sah, wie sie mit den Tränen kämpfte.

»Wutentbrannt ist Achim zum Pfarrhaus gestürmt, wollte mit allen Mitteln aus Friedrich herauspressen, wo Evas Liebhaber steckte. Er wüsste schon, wie er das anstellen würde. Was dann passierte, weiß ich nicht.«

Ihre Stimme war jetzt kaum noch zu hören. Richard trat näher, um sie besser zu verstehen. »Später, mitten in der Nacht, ist Achim bei mir aufgetaucht. Er sah fürchterlich aus, von Kopf bis Fuß voller Dreck und Schlamm. Unter dem Arm trug er einen fremden Rucksack. Ich habe ihn angeschrien, was er getan hätte. Doch er sagte kein Wort, ging stumm an mir vorbei und verzog sich nach oben in eins der Fremdenzimmer. Als Achim schlief, habe ich den Rucksack durchsucht. Ein Kompass, Schokolade, Schmerztabletten …« Für einen kurzen Moment schien sie zu überlegen. »Und ein Gemälde, fein säuberlich aufgerollt und in Folie verpackt.«

Langsam drehte sie sich um, schaute Richard mit Tränen in den Augen an. »Evas Liebhaber habe ich nie wieder gesehen. Ich glaube, Achim hat ihn umgebracht.«

Entgeistert starrte er sie an. Fragen über Fragen stürzten auf ihn ein. Waltraut Mulsow stand regungslos da, nur ihr stoßweiser Atem durchbrach die Stille der Küche. Abwartend blickte sie ihn an. Doch er hatte keine Ahnung, wie er reagieren sollte.

Das Läuten an der Tür weckte die beiden aus ihrer Regungslosigkeit. Waltraut Mulsow streckte ihren Rücken, zog ein Taschentuch hervor und wischte die Tränen von ihrem faltigen Gesicht. Die Selbstsicherheit der stolzen Fischersfrau war zurückgekehrt. Mit erhobenem Kopf ging sie an ihm vorbei.

Richard folgte ihr auf den Flur, er hatte noch eine Frage. »Wie war sein Name?«

Ohne sich umzudrehen, zuckte die Pensionsbesitzerin gleichgültig mit den Schultern. »Alle nannten ihn nur Paul.«

***

»Ist Bert bei Ihnen?« Ute Grams' erregte Stimme hallte durch den kleinen Flur der »Silbermöwe«. Der Schnee an ihren Lammfellstiefeln tropfte auf den blauen Teppichboden. Sie wirkte abgehetzt und völlig außer Atem, der graue Mantel war mit weißen Flocken bedeckt. Unter ihrem linken Arm klemmte eine schwarze Plastikrolle von der Art, wie sie Künstler benutzten. Richard, der bereits die ersten Stufen der schmalen Holztreppe genommen hatte, hielt in seiner Bewegung inne. Ute Grams klang verzweifelt.

»Mein Neffe ist nicht hier«, sagte Waltraut Mulsow. Argwöhnisch musterte sie die späte Besucherin von oben bis unten, während sie die Eingangstür schloss und das Heulen des Schneesturms draußen ließ.

»Ich muss ihm etwas Wichtiges sagen.« Die Töpferin rang nach Luft. Der Marsch durch den Schnee hatte sie sichtlich Kraft gekostet. Als sie Richard entdeckte, kam sie mit schnellen Schritten auf ihn zu.

»Holger hat Friedrich nicht umgebracht. Er war zur Tatzeit bei mir und ist die ganze Nacht geblieben.«

Erschöpft ließ sie sich auf den Kiefernholzstuhl neben der Treppe plumpsen. Sie öffnete die oberen Knöpfe ihres Mantels und atmete tief ein und aus, bevor sie zu erzählen begann.

»Die Sache mit der Fälschung war meine Idee. Ich kenne Wolfgang Fischbacher von früher, er ist der Onkel meines Ex-Mannes. Aus reiner Neugier hatte ich damals mit Fischbacher über seine Bildersammlung gesprochen. Ich dachte, vielleicht wäre ja noch das eine oder andere Erbstück dabei.«

Sie lachte bitter auf. »Das alles hatte ich schon fast vergessen. Erst hier in Fahrenende, als ich mit Friedrich über die Künstlerkolonie gesprochen habe, bin ich wieder über den Namen Max Kehrendorff gestolpert. Da wurde mir bewusst, welch ein Juwel Wolfgang in seiner kleinen Sammlung hatte. Holger steckte zu diesem Zeitpunkt bereits tief in den Schulden, er brauchte dringend Geld. Ich schlug ihm vor, die ›Meeresschönheit‹ über den Verein zu erwerben, als einen weiteren Ankauf zur Vergrößerung unserer Ausstellung. Dadurch würde das plötzliche Interesse am wenigsten auffallen. Wir mussten nur noch Friedrich überzeugen. Doch der stellte sich stur, wollte Holger partout nicht helfen. Irgendwann meinte Holger, er wüsste, wie er den Alten dazu kriegt, die Sache durchzuziehen. Ich habe keine Ahnung, wie er es geschafft hat, doch letztendlich willigte Friedrich ein.«

Richard erinnerte sich an den nächtlichen Streit mit Gravenhorst. Die Töpferin wollte sich und ihren Liebhaber schützen.

Augenblicklich schien sich Ute Grams zu erinnern, warum sie eigentlich gekommen war. Sie sprang vom Stuhl auf und sah Waltraut Mulsow flehentlich an.

»Wo könnte Bert denn stecken?«

Johannas Tante schüttelte bedauernd das graue Haupt. »Ich kann Ihnen nicht helfen.«

Kopflos marschierte Ute Grams zur Haustür, zerrte dabei hektisch an den Knöpfen ihres grauen Wollmantels. Sie hatte die Klinke schon in der Hand, als sie abrupt stehen blieb und die schwarze Rolle unter ihrem linken Arm herauszog. Die schien sie ganz vergessen zu haben. Ihre grünen Augen schauten Richard eindringlich an.

»Die beiden hatten am späten Nachmittag miteinander gestritten. Ja, Sören Peters hat recht. Holger war außer sich vor Wut, als er bei mir in der Werkstatt aufgekreuzt ist. ›Der Alte muss noch immer die Fäden in der Hand halten, nach so vielen Jahren!‹, tobte er herum. Aber es ging nicht um das Bild von Kehrendorff. Er faselte etwas von Johanna und ihrer Mutter. Ich habe nichts Vernünftiges aus ihm herausbekommen.«

Als er Johannas Namen hörte, stellte sich ein beklemmendes Gefühl bei Richard ein. Er konnte nicht sagen, woran es lag, doch er spürte, dass sie in Gefahr war.

Ute Grams trat auf ihn zu und reichte ihm die Plastikrolle. »Erst heute ist mir eingefallen, worum es womöglich bei dem Streit zwischen den beiden ging. Und warum Friedrich Sie nach Fahrenende gebeten hat.«

Beklommen, fast ängstlich starrte er auf das schwarze Plastik in ihren Händen.

»Vor zwei Wochen ist Friedrich bei mir aufgetaucht. Ich war ein wenig überrascht, weil wir seit der Sache mit der

Fälschung kaum miteinander gesprochen hatten. Völlig aufgelöst stand er in meiner Werkstatt, die Rolle in der Hand. Ob ich etwas für ihn verstecken könnte, es wäre wichtig, dass ich mit niemandem darüber spreche. Friedrich war mir immer ein guter Freund, also fragte ich nicht weiter und verstaute die Rolle zwischen meinen Töpferwaren in einer Bodenvase. Doch vorhin ist mir wieder einer von Holgers konfusen Sätzen in den Sinn gekommen. ›Ich bin da für ihn eingestiegen, hab ihm besorgt, was er wollte, und der Alte will sich kein bisschen dankbar zeigen.‹ Ich vermute, dass Holger das hier für Friedrich gestohlen hat.«

Vorsichtig nahm Richard die Rolle aus ihren Händen, beinahe als hätte er Angst, sie zu berühren. Er ging in die Küche, da dieser Raum durch das grelle Deckenlicht hell erleuchtet war. Die beiden Frauen folgten ihm aus dem Flur. Neugierig schaute die Töpferin dem Professor über die Schulter. Waltraut Mulsow stand regungslos am Fenster, der glasige Blick ruhte starr auf dem Plastikrohr. Mit einem leichten Zittern schraubte er den Deckel am oberen Ende auf. Der Geruch von altem Leinen und Terpentin schlug ihm entgegen. Behutsam tastete er sich in das Innere des Rohres vor, bis seine Fingerspitzen die raue Oberfläche einer Leinwand berührten. Langsam zog er sie heraus. Sie war alt, vielleicht dreißig, vierzig Jahre. Die Pigmente der Ölfarben schimmerten schwach durch das grobe Maltuch hindurch. Sorgfältig begann er es zu entrollen. Die wilde, raue Landschaft des Fahrenender Weststrandes tat sich vor ihm auf. Hohe Windflüchter, deren knorriges Holz sich den immer wehenden Winden beugte, ein schmaler Streifen Sand, in dem das warme Licht der Sonne tanzte, die unglaubliche Weite des coelinblauen Himmels.

Jetzt wusste er, warum Friedrich ihn zu sich gebeten hatte. Richards Herz klopfte bis zum Hals. Diese Rivalität von Schatten und Licht, die dynamische Harmonie, das

Wechselspiel der Farben hatte er schon hundertmal fasziniert bestaunt. Er konnte kaum glauben, was da vor ihm lag. Auch wenn er dieses Gemälde noch nie gesehen hatte, gab es keinen Zweifel, die Handschrift war unverkennbar.

»Können Sie verstehen, warum Friedrich so ein Geheimnis um das Bild gemacht hat?« Ute Grams' fragende Stimme holte ihn aus seiner Starre.

Ohne den Blick von der Leinwand abzuwenden, nickte er. »Seit ich hier bin, habe ich mich gefragt, warum Friedrich gerade mich um Hilfe bat. Wir haben uns seit Jahren nicht gesehen. Doch dieses Bild erklärt alles. Es stammt von Smith, einem zeitgenössischen, deutschstämmigen Künstler, der seit etlichen Jahren in England lebt. Ich habe für seine Werke schon häufig Expertisen angefertigt, für Auktionshäuser oder private Sammler. Seine Bilder erzielen Preise im fünf- bis sechsstelligen Bereich.«

Er machte eine kurze Pause, um seine Gedanken neu zu ordnen.

»Das Gemälde hier ist mir allerdings nicht bekannt, es muss aus einer sehr frühen Schaffensphase von Smith stammen. Sofern es echt ist, doch davon bin ich überzeugt, schätze ich den Wert um die achtzig- bis hunderttausend Euro.«

Er hörte, wie Waltraut Mulsow scharf einatmete. Richards Blick wanderte in Richtung Signatur. Die ihm so bekannten Anfangsbuchstaben flimmerten vor seinen Augen. »P.S.« Paul Smith. Paul … ein Schwindel erfasste Richard und zwang ihn, sich am Küchentisch abzustützen. Seine Knie drohten nachzugeben. Paul … Plötzlich verstand er alles. Paul Smith war der junge Mann auf dem alten, verblichenen Foto, Eva Trestorfs Liebhaber … Johannas Vater …

Entsetzt starrte er Ute Grams an. »Bei wem hat Holger das Bild entwendet?«

Doch bevor sie antworten konnte, löste sich Waltraut

Mulsow aus ihrer Starre. Langsam trat sie auf den Küchentisch zu, streifte mit den Fingerspitzen den Rand der Leinwand. »Ich kenne das Bild. In jener Nacht vor dreiunddreißig Jahren steckte es in dem fremden Rucksack, den Achim bei sich trug. Kurz vor seinem Tod habe ich meinen Bruder gefragt, wo es abgeblieben ist.« Sie schluckte, ihre Stimme war nur noch ein heiseres Flüstern. »Michael hatte es vor Jahren mit ins Forsthaus genommen.«

Im hellen Lichtkegel des Handscheinwerfers fegten die Flocken in rasender Geschwindigkeit durch die eisige, schwarze Nacht. Messerscharf peitschten ihm die spitzen Eiskristalle ins Gesicht. Richard blieb stehen, wieder einmal. Zeit, die unnötig verloren ging. Doch er hatte keine Wahl, wenn er seine Kräfte einteilen wollte. Schwerfällig drehte er den Rücken gegen den Wind und holte erschöpft Luft. Seine Augen schmerzten, doch er versuchte, sich in dem Schneetreiben zu orientieren. Die Kreuzung mit dem Hinweisschild zur Töpferei hatte er schon vor einer halben Ewigkeit passiert, der Resthof von Ute Grams musste doch endlich auftauchen. Wo war er? Richard ließ den Handscheinwerfer, den Waltraut Mulsow ihm überlassen hatte, durch die Finsternis streifen. Auf der linken Seite konnte er den schwachen Schatten einer Baumreihe ausmachen. Die Allee zur Töpferei, die Allee zum Forsthaus. Mühsam setzte er sich wieder in Bewegung. Seine schmerzenden Beine stapften wie ferngesteuert durch den knietiefen Schnee, angetrieben von einem Namen: Johanna.

Noch immer wirbelten die Ereignisse in der Pension wild in seinem Kopf umher, ließen kaum einen klaren Gedanken zu. Zu viel war auf ihn eingestürzt. Doch für Richard ergab die Reise nach Fahrenende endlich einen Sinn. Die »Windflüchter«, darum hatte er kommen sollen, darum hatte Friedrich seinen Rat gebraucht. Was passierte mit einem Bild, dessen Eigentumsverhältnisse nicht eindeutig waren? Wem hatte Smith das Bild vor über dreißig Jahren hinterlassen? Achim Trestorf? Sehr unwahrscheinlich. Johannas Mutter? Für Friedrich gab es darauf nur eine Antwort: Wenn jemand Anspruch auf das Bild hatte, dann Johanna, Paul Smiths Tochter.

Achim Trestorf muss die »Windflüchter« damals an sich gebracht haben, auf welchem Wege auch immer, ging es ihm durch den Kopf. Dass dem später klar geworden war, welchen Wert das Gemälde inzwischen besaß, bezweifelte er. Achim Trestorf machte sich nichts aus Kunst. Er wird die Karriere von Paul Smith, damals noch Schmidt, nicht verfolgt haben und hat das Bild seinem Sohn als Erinnerung überlassen. Doch Michael wusste, dass die »Windflüchter« ein Vermögen wert sein mussten. Geld, das er dringend für die Scheidung, die hohen Baukosten und das Grundstück hinter dem Yachthafen brauchte. Was er nicht brauchte, war jemand, der ihm seinen Besitz streitig machen konnte. Dafür hatte er schon einmal getötet. Und er würde es auch ein zweites Mal tun.

Eine wuchtige Windböe riss ihn aus seinen Gedanken. Mit aller Kraft stemmte Richard sich dagegen, verbarg das Gesicht vor den stechenden Eiskristallen hinter seinem Schal. Unter der Kapuze der Outdoorjacke dröhnte der Sturm qualvoll in seinen Ohren. Wenn er nur wüsste, wo er sich befand. Der Töpferhof von Ute Grams hätte längst vor ihm auftauchen müssen. Er hob den Kopf und schaute sich um. Am Himmel durchbrach ein unregelmäßiges Blinken die weiße Finsternis, wie Glühwürmchen tanzten die roten Punkte auf und ab. Der Windpark! Er war also auf dem richtigen Weg.

Beflügelt von seiner Entdeckung fiel ihm auf einmal jeder

Schritt leichter, der Schmerz in den Beinen war verschwunden. Er versuchte, die quälenden Gedanken auszuschalten, doch Johannas Bild tauchte immer wieder vor ihm auf. Warum hatte der alte Semmering seiner Enkeltochter nie die Wahrheit über ihren Vater gesagt? Er hatte Achim Trestorf verachtet, es gab keinen Grund, den Mythos Vater für diesen Mann aufrechtzuerhalten. All die Jahre musste Friedrich gewusst haben, was aus seinem einstigen Schützling geworden war. Smith gehörte bereits Anfang der Neunziger zu den aufstrebenden Künstlern der Gegenwart. Doch nie hatte er ihn auch nur mit einer Silbe erwähnt. Hatte er Johanna eine weitere Enttäuschung ersparen wollen?

Plötzlich konnte Richard in der Ferne ein gelbliches Licht ausmachen, warm und friedvoll strahlte es durch diese Wüste aus umherwirbelndem Eis. Das Forsthaus! Ein letztes Mal kehrte er dem Wind den Rücken zu und atmete tief ein und aus, die frostklirrende Luft pumpte die letzten Reserven seines Körpers auf. Richard packte den Griff des Scheinwerfers fester, drehte sich wieder in den Sturm und stapfte durch den dunklen Vorhang aus Schnee.

***

Das Licht kam aus der Küche, einem heimeligen, behüteten Ort. Doch aus der Nähe wirkte die Forsthausküche kalt und seelenlos. Richard spähte über die niedrige Brüstung. Nichts. Nur das Windspiel vor dem Fenster, das durch die aufsteigende Wärme des Heizkörpers sacht hin und her geworfen wurde, spiegelte sich im schwarzen Lack der Küchenschränke. Was sollte er tun? Klingeln? Nein, es war besser, der Überraschungseffekt war auf seiner Seite. Johannas Worte vom Heiligabend echoten in seinem Kopf. *Sag mal, Michael, wieso hast du Pappe vor deinem Kellerfenster? Wurde bei dir eingebrochen?* Er würde es dort versuchen.

Mit ausgeschalteter Lampe schlich er blind an der Hauswand entlang, immer wieder versank er in den Schneewehen, die der Sturm dort aufgetürmt hatte. Da er nicht genau wusste, wo das Fenster lag, versuchte er es zuerst an der Giebelseite zur Küche. In alten Häusern lag der Keller, der früher zum Aufbewahren der Vorräte gedient hatte, oftmals direkt darunter. Und er hatte Glück. Nach ein paar Schritten spürte er, wie die Wand einen kleinen Versatz machte und seine rechte Hand gegen durchweichte Pappe stieß. Mühelos zerrte Richard den nassen Karton vom Fenster, pfeilschnell flogen die Fetzen im Sturm davon. Da er noch immer nicht wagte, die Lampe einzuschalten, versuchte er, mit den Fingern die Öffnung im zerbrochenen Glas abzutasten. Es passte! Ruhnke hatte bei seinem Einbruch die Scheibe komplett aus dem Rahmen herausgeschlagen.

Vorsichtig steckte er seine Beine hindurch und hangelte sich langsam hinunter, bis seine Füße auf einen harten Untergrund traten. Die plötzliche Stille, die ihn dort unten empfing, war unheimlich. Nach dem ohrenbetäubenden Marsch im Sturm blies der Wind vor dem Kellerfenster nur noch wie leise Hintergrundmusik in einer Arztpraxis. Mit geschlossenen Augen lehnte Richard keuchend an der kalten Mauerwand. Er lauschte. Es fühlte sich seltsam an, wieder den eigenen Atem zu hören. Doch er durfte sich keine Pause gönnen, er musste weiter. Mühselig schälte er sich aus seiner klammen Jacke, wie ein Sack Mehl drückte sie auf seine Schultern. Für einen kurzen Moment schaltete er den Scheinwerfer ein. Außer einer Gefriertruhe und Weinregalen war der Raum komplett leer, die Tür stand offen. Er knipste die Lampe aus und stolperte im Dunkeln zum Ausgang.

Gleich hinter der Tür stieß er mit dem Fuß gegen etwas Hartes. Langsam streckte er die Finger vor und berührte an der Wand den kalten, runden Stahl eines Handlaufs. Die

Treppe! Stufe für Stufe kroch er nach oben, immer darauf bedacht, jedes Knarren zu vermeiden. Nach einer gefühlten Ewigkeit hatte er die Tür erreicht und drückte die Klinke lautlos hinunter. Die große Diele war in völlige Dunkelheit getaucht. Nur das Schachbrettmuster des Fußbodens wurde durch das einfallende Licht aus der Küche erhellt. Keine Stimmen, keine Bewegungen. Allein der heulende Wind rüttelte einsam an den Scheiben.

Richard schlüpfte durch den schmalen Türspalt und steuerte auf den dunklen Wintergarten zu. Plötzlich vernahm er ein Geräusch, und noch bevor das gleißende Deckenlicht ihn blendete, wusste er, dass er in eine Falle getappt war.

»Warum nimmst du nicht den Haupteingang, Richard?«, fragte Trestorf.

Richard erstarrte. Der kalte Ton seiner Stimme jagte ihm ein Schaudern über den Rücken. Langsam drehte er sich zu dem Mann um. Trestorf stand im Halbschatten der Diele, die Hand auf dem Lichtschalter. Noch immer trug er den schwarzen Anzug vom Begräbnis, die blaue Krawatte hing locker um den Kragen des weißen Hemdes. Mit seinen grünen Augen musterte er Richard wie ein lauerndes, wildes Tier, das seine Beute taxiert.

»Ich habe es nicht so gerne, wenn jemand in mein Haus eindringt und sich an meinem Eigentum bedient.«

»Wo ist Johanna?« Sein pochendes Herz ließ Richard die Worte nur heiser über die Lippen bringen.

»Meine Schwester will dich nicht sehen.« Trestorfs Augen wurden schmal.

»Lass die Spielchen! Du weißt genauso gut wie jeder andere hier im Dorf, dass sie nicht deine Schwester ist.«

»Wer hat geplaudert, die alte Mulsow? Sie war schon immer das schwächste Glied der Trestorfs. Ohne Rückgrat und Anstand.«

Fast unmerklich kam er immer weiter aus dem Schatten

der Diele heraus. »Mein Vater hat gut daran getan, den Smith mir zu hinterlassen.«

Richard verspürte bittere Wut.

»Das Bild gehört dir nicht, wenn jemand Anspruch darauf hat, dann Johanna.«

Trestorf funkelte ihn böse an. »Du hörst dich an wie der alte Semmering. Das Gelaber von unendlicher Liebe und dem Kind, das daraus entstand. Die ›Windflüchter‹ waren im Besitz meines Vaters, also ist es mein Erbe.«

Richard kam ein Gedanke. »Wie ist Friedrich eigentlich dahintergekommen, dass du das Bild besitzt?«

Ein verächtliches Schnauben drang aus seinem Mund. »Jahrelang schimmelte der alte Schinken im Keller vor sich hin, alle glaubten, es wäre ein billiges Mitbringsel von den Reisen meines Vaters. Bis Semmering mit den Ideen zu seiner Festwoche hier aufgekreuzt ist. Nach drei Gläsern Rotwein erinnerte ich mich wieder an das Bild, holte es aus dem Keller und packte es auf den Tisch. Ich dachte, der Alte kriegt einen Herzinfarkt. Schreit mich an, wo ich das Bild herhätte und dass es nicht mir gehört. Ich habe ihn rausgeworfen, ihm gesagt, er soll wiederkommen, wenn er nüchtern ist.«

Trestorfs verschleierter Blick richtete sich nach draußen in den Schneesturm, der vor den hohen Scheiben des Wintergartens unermüdlich tobte. Richard konnte das Zittern in seinen Händen sehen, doch seine Stimme klang noch immer hart.

»Also habe ich mich im Internet schlaugemacht. Es dauerte nicht lange, bis ich wusste, was für ein Vermögen mein Vater mir da hinterlassen hatte. Ob rechtmäßig oder nicht. Ich bin pleite, Richard! Das Geld steht mir zu. Nur der Alte ließ sich nicht abschütteln, tauchte jeden Tag hier auf und forderte das Bild von mir zurück. Und dann war es plötzlich verschwunden, er hatte sich noch nicht einmal die Mühe gemacht, den Einbruch zu vertuschen. Ich bin zu ihm ins Pfarrhaus, habe ihm gedroht, er soll mein Eigentum rausrücken, doch der Alte blieb stur. Schrie mich an, dass die Schuld endlich beglichen werden müsste und dass Achim das Bild zu Unrecht in seinen Besitz gebracht hätte. Nur Johanna hätte Anspruch darauf.«

Seine Stimme wurde schrill. »Ihr Vater, Paul Smith, hatte es vor über dreißig Jahren für Johannas Mutter gemalt. Ich war wie vor den Kopf geschlagen, aber nicht wegen Johanna. Mein Vater hatte mir schon vor Jahren erzählt, dass Eva ihm ein Kuckucksei ins Nest gesetzt hat. Doch in dem Moment wurde mir klar, wer Johannas Vater ist und dass ich das Bild für immer verloren hatte. Semmering schmiss mich raus. Wie einen fünfjährigen Rotzbengel setzte er mich vor die Tür. Draußen stolperte ich über den Pfarrhof und sah plötzlich die Axt am Hauklotz lehnen. Das Bild war mein Erbe, ich wollte es zurück. Der Alte sackte gleich zusammen, sein Schädel war wohl doch nicht so hart, wie alle dachten. Ich habe das ganze Pfarrhaus auf den Kopf gestellt, aber die ›Windflüchter‹ waren nicht dort.«

Richard schluckte, seine trockene Kehle schmerzte beim Sprechen. »Warum Johanna? Was hat sie dir getan?«

»Heiligabend, du erinnerst dich?« Michael Trestorfs Stimme klang überdreht. »An der Tür hat sie kurz erwähnt, dass du am nächsten Morgen dringend nach Hamburg musst. Ins Museumslabor, an einem Feiertag, Richard! Mir war sofort klar, dass ihr über die ›Windflüchter‹ gestolpert seid. Ihr brauchtet nur noch jemanden, der euch die Echtheit des Smith-Gemäldes bestätigt. Doch wem gehörte das Bild? Für mich wäre es nicht schwer, nachzuweisen, dass das Bild ein Erbstück meines Vaters ist. Meine Ex-Frau hatte den alten Schinken schon häufig auf dem Sperrmüll entsorgen wollen, doch jedes Mal siegte meine Sentimentalität. Im Nachhinein betrachtet war ausgerechnet sie meine Versicherung. Johanna war offiziell Achims Tochter, und da es kein Testament gab, hätte ich das Erbe mit ihr teilen müssen. Also musste ich Johanna loswerden. Das Feuer sollte sie im Schlaf überraschen, nur habe ich nicht damit gerechnet, dass sie bis mitten in der Nacht im Atelier hockt.«

»Und warum bist du noch einmal in das brennende Haus zurück?«

»Es war die einfachste Lösung, mich aus der Schusslinie zu bringen. Mulsows unterbelichteter Verstand würde keinen Verdacht schöpfen.«

Richard sah in Trestorfs kalte Augen. »Du hast mich am Heiligabend durch den Küstenwald verfolgt, richtig?«

»Tut es noch weh?« Trestorf grinste böse. »Ich wollte dich nicht töten, Richard. Was hätte ich davon? Schließlich hattest du das, was ich wollte.«

Wild peitschten die dünnen Zweige und Äste der Birken gegen die Scheiben und veranstalteten ein merkwürdiges, fast geisterhaftes Schattenspiel auf Trestorfs Gesicht. Regungslos stand er da, versunken in der Vergangenheit. Doch Richard bemerkte noch immer das unruhige Zucken in seinen Händen. Er musste mehr Abstand zwischen sich und den Mann bringen, und er musste Johanna finden. Langsam setzte er sich in Bewegung, Schritt für Schritt um den großen Tisch herum.

»Du wusstest von Anfang an, wo du nach dem Bild suchen musstest, nicht wahr?«

Abrupt blieb Richard stehen, starrte auf das ausdruckslose Profil des Architekten.

»Es stand in dem Brief, den Semmering dir geschickt hat.«

Blitzartig drehte Trestorf sich um. Sein verschwommener Blick war einem hasserfüllten Ausdruck gewichen. Der Mann hatte nichts mehr zu verlieren.

»Michael, wo ist Johanna?« Richard versuchte, einen ruhigen Ton anzuschlagen, Trestorf war nervös genug.

»Sie ist nicht hier. Du hast mich doch gehört.«

»Johanna?« Richard brüllte durch das Forsthaus, doch sein Rufen verhallte unbeantwortet über der offenen Galerie.

»Johanna?«

Ein dumpfes Poltern. Schnell wandte er den Kopf in Richtung Dachgeschoss. Ein Fehler, den er sogleich bereute. Trestorf hatte sich aus seiner Starre gelöst und stürmte um den Tisch herum. Richard versuchte, seinen Angreifer über die Treppe abzuschütteln, doch auf der dritten Stufe packte ihn Trestorf am Fußgelenk und zerrte ihn mit aller Gewalt zu Boden.

Der Faustschlag traf Richard mit voller Wucht. Ihm wurde übel. Er musste sich übergeben, doch Michael Trestorf kniete über ihm und drückte mit aller Gewalt auf seinen Kehlkopf. Das Erbrochene steckte noch immer in seinem Hals, konnte nicht vor und nicht zurück. Die Panik, die sich in ihm ausbreitete, lähmte ihn völlig, er war unfähig, sich zu wehren. Er würgte und röchelte, aber die rettende Luft wollte nicht in seine Lungen gelangen. Der neblige Schleier vor seinen Augen färbte sich schwarz, Trestorfs wahnhafte Fratze war verschwunden. Den Knall hörte er nicht, nur das splitternde Glas auf seinem Gesicht sagte ihm, dass er noch lebte. Und dann strömte die Luft wieder ein.

Ein riesiger Schatten zerrte Michael Trestorf von ihm herunter. Der Hüne aus der »Dünenklause«, dahinter Mulsows rundliche Gestalt, die Dienstwaffe an der Hosennaht. Handschellen blitzten auf und legten sich eng um die Handgelenke des Architekten wie zuvor dessen Hände um seinen Hals. Richard schaute weg. Schwerfällig stemmte er sich auf die Ellenbogen und röchelte kraftlos. Durch die zerschossenen Scheiben des Wintergartens schlug ihm der eisige Wind entgegen. Doch Mulsows Stimme legte sich wie ein warmer Mantel um ihn.

»Alles in Ordnung?«

Er nickte hustend.

»Wo ist Johanna?«, fragte der Polizist drängend.

Johanna! Mit letzter Kraft rappelte Richard sich auf und stolperte zur Treppe. Noch immer spürte er eine quälende Enge in seinem Hals, Trestorfs eisernen Griff auf der Haut. Er verscheuchte die Gedanken und zog sich am Geländer die Stufen hoch. Im ersten Moment dachte er, sie wäre tot. Geknebelt und mit Paketband zusammengeschnürt lag Johanna auf dem dunklen Holzboden, die Beine in einem grotesken Winkel von sich gestreckt. Doch dann drehte sie leicht den Kopf und schaute ihn mit angsterfüllten Augen an. Richard stürzte auf sie zu, hob ihren Oberkörper hoch und riss die silbernen Streifen von ihrem Mund. Ihr lautes Atmen erfüllte den Raum. Sanft strich er ihr das braune Haar aus dem Gesicht und barg ihren Kopf in seinen Händen.

»Ich habe solche Angst gehabt«, brach es aus ihr hervor.

»Ich weiß.«

Er drückte sie fest an sich, hörte, wie das panische Pochen ihres Herzschlags allmählich verebbte, bis nur noch das Heulen des Schneesturms, der vor dem Haus wütete, übrig blieb.

1. Januar

Die weiß-blau schimmernden Schneemassen reflektierten die rote Abendsonne und tauchten den Pfarrhof so in eine lila Dämmerung. Tief beugten sich die ausladenden Äste der alten Kastanien unter ihrer schweren winterlichen Last. Nichts erinnerte mehr an den Sturm, der vor kurzer Zeit über Fahrenende hinweggefegt war.

Richard Gruben trat durch die breite Toreinfahrt und schaute zum Pfarrhaus hinüber. Die Helligkeit hinter den weißen Holzfenstern löste ein warmes Gefühl in ihm aus. Johanna war nach den schrecklichen Ereignissen der letzten Stunden in das Haus ihrer Kindheit zurückgekehrt.

»Ich brauche Zeit, Richard. Nur hier habe ich die nötige Ruhe, um über alles nachzudenken.«

Sie hatte recht. Ihr Leben, ihre Identität, ihre Familiengeschichte – zweiunddreißig Jahre eine Lüge. Vor allem schmerzte es, dass die Menschen um sie herum alles totgeschwiegen hatten. Friedrich, Waltraut, Ruhnke, sogar Achim. Wäre Johannas Leben anders verlaufen, hätte sie die Wahrheit über ihre Eltern gewusst?

Richard hatte bereits den halben Pfarrhof überquert, als er vor dem Haus Bert Mulsows Polizeiwagen entdeckte. Der Mann hatte ihnen das Leben gerettet. Unweigerlich flammten die Bilder der Sturmnacht wieder in ihm auf. Die würgenden Hände um seinen Hals, der Schuss, der die Scheiben des Wintergartens zerbersten ließ, Berts hünenhafter Kollege, der mit seinen Pranken Michael Trestorf von ihm herunterzog. Später, nach einer gefühlten Ewigkeit, hatten sich die von Mulsow angeforderten Einsatzwagen zum Forsthaus durchgekämpft, und Trestorf konnte endlich abgeführt werden.

Dass Bert und sein Kollege noch rechtzeitig aufgetaucht waren, hatten sie nur Ute Grams' Hartnäckigkeit zu verdanken. Nicht auszudenken, was passiert wäre, hätte sie Mulsow nicht mehr bei Kerstin Ruhnke auf der Bootswerft erreicht. Die beiden Polizisten waren noch dort gewesen, um ein paar Kleidungsstücke zu besorgen, die Holger in der U-Haft benötigte. Doch die brauchte er ja nun nicht mehr. Friedrichs wahrer Mörder saß endlich hinter Gittern.

Knarrend öffnete sich der rechte Flügel der schweren Haustür. Durch den schmalen Spalt schob sich Johannas zierlicher Körper.

»Hallo Richard!«, sagte sie mit einem weichen Lächeln.

Die schwarze, grobe Strickjacke über ihren Schultern hing lose an ihr herab. Noch immer lagen dunkle Schatten unter ihren braunen Augen, doch sie wirkte gelöster, beinahe entschlossen.

Richard kam auf sie zu und küsste sie sanft auf die Wange. »Ist Holger Ruhnke schon da?«, fragte er leise, während Johanna die Tür hinter ihnen schloss. Das blasse Abendlicht fiel durch die hohen Fenster und warf einen nebelartigen Schleier über die Diele.

»Ja, er sitzt mit Bert in der Küche. Holger konnte mir nicht einmal in die Augen schauen«, sagte sie traurig.

»Er macht sich schwere Vorwürfe«, tröstete Richard.

Sie nickte nachdenklich, während sie die Arme wärmend um ihren Oberkörper schmiegte. »Hier ist es kalt, lass uns zu den anderen gehen.«

Richard zog im Gehen seinen Mantel aus und legte ihn über das hölzerne Treppengeländer. Seine neue Outdoorjacke steckte noch immer in Waltrauts Waschmaschine. Der schwarze Kaminofen der Pfarrhausküche strahlte eine behagliche Wärme aus, der Geruch von Buchenholz und Kaffee erfüllte den Raum. Stumm hockten die beiden Männer an dem großen Tisch. Mulsow rührte gedankenverloren in seiner Tasse, das Stück Apfelkuchen vor ihm war noch unberührt. Er stützte sich auf den Tisch, die Ärmel seines blauen Polizeipullovers hatte er weit über die Ellenbogen geschoben. Richard wandte den Blick zu Holger Ruhnke. Der Bootsbauer sah erbärmlich aus. Sein massiger Körper schien in sich zusammengefallen, um Jahre gealtert. Was sich in seinem Innersten abspielte, spiegelte das aschfahle Gesicht wider. Obwohl in der Küche um die zwanzig Grad herrschten, trug er über seinem Blaumann die dicke Steppweste.

Als er Richard Gruben bemerkte, löste er sich aus seiner Starre. Ruckartig hob Ruhnke den Kopf und schaute ihn verstohlen an. Seine Augen flatterten unruhig umher. Richard nickte Mulsow zu und setzte sich auf einen freien Stuhl, während Johanna ein paar Holzscheite nachlegte. Das Prasseln des Feuers, das durch die geöffnete Kaminofentür zu hören war, durchbrach die eisige Stille der Pfarrhausküche.

»Können Sie sich denken, warum ich Sie hergebeten habe?«, fragte Richard den Bootsbauer.

»Sie haben mit Paul gesprochen, nicht wahr?« Nervös blickte der Mann zu Johanna hinüber, die sich inzwischen zu ihnen gesetzt hatte.

Richard nickte. »Ja, wir haben gestern miteinander telefoniert. Es war für ihn ein ziemlicher Schock, dass er eine Tochter hat, von der er jahrzehntelang nichts gewusst hat.«

Ruhnke ließ kraftlos den Kopf auf seine Brust sinken, seine Stimme klang kleinmütig.

»Es tut mir leid, Johanna. Ich habe vor Jahren eine Entscheidung getroffen, von der ich glaubte, sie wäre die richtige, um endlich einen Schlussstrich unter alles zu ziehen.«

Johanna beugte sich ein wenig vor und legte eine Hand

auf seinen kräftigen Oberarm. »Was ist damals passiert, Holger?«

Für einen winzigen Moment schloss Ruhnke die Augen und atmete tief ein. Es fiel ihm sichtlich schwer, sich den Bildern der Vergangenheit zu stellen.

»Ich entsinne mich noch genau an den Tag, als er deine Mutter zum ersten Mal gesehen hat. Es war im Mai 1980, hier in dieser Küche. Paul war gerade bei deinen Großeltern eingezogen, und wir waren dabei, das kleine Zimmer oben im Dachgeschoss für ihn herzurichten. Eva wirbelte herein, in ihrem blauen Sommerkleid, und redete wie ein Wasserfall. Er konnte nicht die Augen von ihr lassen, hat sie unentwegt angestarrt. Doch ich glaube, Eva erging es nicht anders. Ein paar Tage später fuhr Achim für Monate nach Afrika, von da an verbrachten die beiden jede freie Minute miteinander.«

Er hob den Kopf und blickte schwermütig in die Abenddämmerung hinaus. »Was deine Mutter in Achim gesehen hat, habe ich nie wirklich verstanden. Er war ein selbstgefälliger, herrischer Mensch. Was Eva liebte oder hasste, interessierte ihn nicht. Mit Paul hab ich sie seit Langem wieder glücklich gesehen. Ihre Augen strahlten, sobald er in ihrer Nähe war. Wir drei hockten ständig beieinander, lagen faul am Strand in der Sonne herum, fuhren zum Angeln raus oder streiften durch den Küstenwald.«

Richard erinnerte sich wieder an das alte Schwarzweißfoto vom Strand, ein sorgenfreier, unbeschwerter Sommertag.

»Doch Paul wollte weg, *rübermachen*, wie wir das nannten. Über die Ostsee nach Dänemark. Er sah keine Zukunft mehr für sich in einem Land, das ihm das Malen verbot. Kunst bedeutete für ihn Freiheit, und die hatte er hier nicht«, sagte Ruhnke mit belegter Stimme. »Anfangs weihte Paul nur mich in seine Pläne ein, er wollte Eva da raushalten, aus Angst, die Stasi könnte ihr später zusetzen. Zusammen haben wir das Versteck für das Schlauchboot ausgespäht, unten am Grooter Kierl, und die Kontrollzeiten der Grenzposten bis auf die Sekunde ausgezählt. Paul wollte nichts dem Zufall überlassen. Doch Eva musste gespürt haben, was er vorhatte. Und sie wollte mit.«

Der Bootsbauer strich sich mit den Händen über das müde Gesicht. Seine Augen ruhten jetzt auf Johanna.

»Der Sommer verging, und ihre Flucht rückte immer näher. Sie mussten auf das passende Wetter warten, eine ruhige, neblige See, die alles verbirgt. Plötzlich, an einem trüben Herbsttag, stand Paul bei uns auf der Bootswerft, um sich zu verabschieden. Er hat nichts gesagt, doch ich wusste, dass der Tag gekommen war. Erst neun Jahre später sollte ich ihn wiedersehen.« Ruhnke schluckte kurz, ehe er weitersprach.

»Als Eva mitten in der Nacht bei uns auftauchte, wusste ich sofort, dass etwas passiert sein musste. Mein erster Gedanke war, sie hätten Paul geschnappt. Aber Eva weinte und schrie, er würde ihn umbringen. Immer wieder. Ich verstand überhaupt nicht, wovon sie da redete, bis sie sich etwas beruhigte und mir erzählte, dass Achim aufgetaucht war. Irgendwie war er dahintergekommen, dass Eva ihn mit Paul betrogen hatte. Obwohl Friedrich es mir gegenüber nie zugab, bin ich sicher, dass er es ihm erzählt hat.«

Ungläubig schaute Johanna Ruhnke an. »Warum sollte er das getan haben?«

»Eva hatte, trotz aller Absprachen, deine Großeltern über ihre Fluchtpläne eingeweiht. Ich glaube, Friedrich wollte deine Mutter einfach nicht gehen lassen. Zum einen aus Angst, dass ihr etwas zustoßen könnte, zum anderen hätte er dann seine Tochter nie wiedergesehen. Niemand konnte damals ahnen, dass die Mauer fallen würde«, sagte Ruhnke resigniert.

»Von Eva erfuhr ich, dass Achim sie im Pfarrhaus abgefangen hatte. Wie ein Wahnsinniger ist er herumgetobt und hat gebrüllt, dass er den Kerl umbringen wird. Es reichte ihm nicht, seine Frau an der Flucht gehindert zu haben. Trestorf schäumte vor Wut, weil er seinen Nebenbuhler nicht zu fassen kriegte. Der Streit eskalierte. Rasend vor Eifersucht hat er Friedrich angeschrien, er würde dafür bezahlen, einen Republikflüchtigen zu decken. Die Professur an der Hochschule wäre er für immer los. Schließlich ließ Semmering sich erpressen und sagte Achim, er würde Paul am Grooter Kierl finden. Eva beschimpfte Friedrich als Verräter und schwor, dass sie keinen Fuß mehr in das Pfarrhaus setzen würde. Woran sie sich auch hielt, nie wieder ist ein Wort zwischen den beiden gefallen. Semmering hatte seine Tochter für immer verloren.«

Holger Ruhnkes Worte verhallten leise in der Küche, niemand sagte etwas. Gedämpft drang das Knistern des Feuers zum Tisch herüber. Richard sah Johanna an. Ihre schmalen Hände krallten sich an dem Kaffeebecher fest, der vor ihr stand. Die feuchten Augen starrten irgendwo ins Leere. Was sie fühlte, konnte er nur erahnen. Mulsow spielte gedankenverloren mit der Kuchengabel zwischen seinen Fingern.

Nach einer Weile erhob Ruhnke sich geräuschvoll von der schmalen Eckbank, er fühlte sich sichtlich eingeengt. Unruhig lief er ein paar Schritte auf und ab. Schließlich blieb er an der Glastür zum Hof stehen und lehnte sich mit den Händen in den Seitentaschen seiner Steppweste an den Rahmen. Hinter den Scheiben war es bereits stockfinster, und Richard konnte im erleuchteten Glas sein Gesicht erkennen.

»Nachdem ich Eva beruhigt hatte, bin ich wie ein Verrückter losgestürmt. Ich habe den Weg über den Küstenwald genommen, um Paul nicht zu verpassen. Doch nach meiner Berechnung musste er schon längst unten am Versteck sein.

Der Nebel war so dicht, ich konnte die Hand vor den Augen nicht sehen. Nur dicker, zäher Schleim. Fast blind tastete ich mich durch das Dickicht, immer die Angst im Nacken, die Grenzposten würden mich entdecken. Plötzlich tauchte aus dem Nichts Achim Trestorf vor mir auf, durchnässt und voller Dreck, eine dicke Platzwunde am Kopf. Mit hasserfülltem Blick schaute er mich an. Seine hämischen Worte klingen noch immer in meinen Ohren. *›Kein Mann führt mich an der Nase herum.‹* Ich war wie gelähmt, ließ ihn einfach weiterziehen. Erst viel später, nachdem der Nebel ihn längst wieder geschluckt hatte, registrierte ich, dass Trestorf Pauls Rucksack auf dem Rücken trug. Darin war das Bild verstaut, das er für deine Mutter gemalt hatte. Fein säuberlich hatte Paul das Maltuch aufgerollt und wasserdicht verpackt. Völlig erschöpft kam ich unten am Strand an, doch die Höhle lag verlassen da. Kein Schlauchboot, keine Paddel, kein Paul. Ich habe leise nach ihm gerufen, bin den Weg von der Steilküste noch einmal hin und zurück. Aber nichts, Paul war wie vom Erdboden verschluckt. Ich hab gehofft, dass er es irgendwie geschafft hatte, raus aufs Meer zu kommen. Aber Trestorfs zornige Stimme spukte in meinem Kopf herum, und in mir machte sich die Angst breit, dass seine Leiche draußen auf der Ostsee trieb. Mir blieb nichts anderes übrig, als zu warten. Tagelang haben Eva und ich die Nachrichten verfolgt, auf beiden Seiten. Doch nichts. Keine Meldung über eine geglückte Flucht oder einen Toten im Schlauchboot.«

Ruhnke legte kurz den Kopf in den Nacken und atmete gequält aus. Seine Stimme klang rau und trocken, als er wieder zu sprechen begann.

»Eva hatte sich aufgegeben, auch deine Geburt konnte nichts daran ändern. Immer mehr zog sie sich zurück und verfiel in eine schwere Depression. Wir alle glaubten, Paul wäre tot. Zwei Jahre später schnitt sie sich unten am Grooter Kierl die Pulsadern auf. Friedrich hat sie gefunden.«

Ruhnke löste seinen Blick von der Tür und schaute zu Johanna hinüber. »Den Rest kennst du. Achim hat sich aus dem Staub gemacht, und deine Großeltern nahmen dich auf. Du wurdest größer, und ich dachte immer seltener an die Ereignisse der Oktobernacht zurück, war viel zu beschäftigt mit meinen eigenen Problemen. Neun Jahre wusste ich nicht, dass Paul die Flucht geglückt war. Erst 1989, in der Nacht des 9. November, sollte ich davon erfahren. Dein Großvater stand vor meiner Tür und hat erzählt, dass Paul seit Jahren unter einem anderen Namen in England lebte und mittlerweile ein erfolgreicher Maler war. Ich habe mich nie für Kunst interessiert, doch Friedrich blieb seine Karriere nicht verborgen. Ich war wie vor den Kopf gestoßen, habe ihn angeschrien, warum er es mir so lange verschwiegen hatte. Doch dein Großvater brauchte nichts zu sagen, ich sah es in seinen Augen. Er hatte Angst, dich auch noch zu verlieren. Wenn Paul erfuhr, dass du seine Tochter bist, würde er dich mit nach England nehmen. Und dass Paul früher oder später hier aufkreuzen würde, war für Friedrich nur eine Frage der Zeit. Friedrich bat mich zu schweigen. Ich hab geglaubt, es wäre besser, du würdest in deiner vertrauten Umgebung aufwachsen als bei einem dir völlig fremden Mann in England. Also habe ich es ihm versprochen.«

Stumm liefen Johanna die Tränen über das Gesicht. Sie dachte an ihren Großvater, das konnte Richard spüren. In seinem Leben war Johanna immer der Mittelpunkt gewesen. Die Tochter, die er verloren hatte.

»Als Paul zu mir kam, habe ich ihm alles erzählt. Von Friedrichs Verrat, meiner Suche im Nebel, bei der ich auf Achim Trestorf gestoßen war, von Evas Verzweiflung, die sie letztendlich in den Selbstmord trieb. Nur dich habe ich verschwiegen.«

Plötzlich fiel Richard ein, wonach er den Mann die ganze

Zeit fragen wollte. »Haben Sie sich Ihr Schweigen mit der Fälschung bezahlen lassen?«

Peinlich berührt senkte der Bootsbauer den Kopf, die Worte trafen ihn sichtlich.

»Als Ute mit dem Vorschlag kam, sah ich darin die Lösung all meiner Probleme. Die Bank wäre vorerst zufriedengestellt und der Werftbetrieb für die nächsten Monate gesichert. Was könnte schon schiefgehen? Friedrich schuldete mir etwas, also war ich mal an der Reihe. Im Gegensatz zu mir hatte er viel mehr zu verlieren. Nach eurem Streit schien endlich wieder die alte Vertrautheit zwischen euch zu herrschen. Ich war sicher, dass er einen erneuten Bruch nicht riskieren würde. Friedrich bat sich einen Tag Bedenkzeit aus, dann willigte er ein.«

Unsicher blickte Ruhnke zu Johanna hinüber. Noch immer starrte sie regungslos ins Leere, kaute nervös auf der Unterlippe. Es war alles gesagt. Langsam zog Ruhnke den Reißverschluss seiner Weste hoch und wandte sich zum Gehen.

Doch Mulsow hielt ihn auf. »Worüber hast du mit Semmering an dem Abend vor dem Pfarrhaus gestritten? War dir plötzlich klar, dass ihr mit den ›Windflüchtern‹ ein viel wertvolleres Bild in den Händen haltet?«

»Nein.« Ruhnke straffte sich, seine Stimme klang fest. »Du musst mir glauben, Johanna, ich hatte keine Ahnung, was sich in der Rolle befand, die ich für ihn aus dem Forsthaus gestohlen hatte. Es hat mich auch nicht weiter interessiert. Diesem arroganten Kerl eins auszuwischen genügte mir.« Er schien auf eine Reaktion von Johanna zu warten, doch sie rührte sich nicht. Als er weitersprach, verschwand der eben noch so resolute Ausdruck auf seinem Gesicht.

»An dem Tag traf ein Brief meiner Bank ein, die letzte Frist, um meine Schulden zu tilgen. In dem Moment wurde mir klar, dass das Geld für den Kehrendorff nur ein

Tropfen auf den heißen Stein war. Nach ein paar Monaten würde alles wieder von vorne beginnen, kein Geld auf der Werft, der Druck der Bank, Kerstins ständige Nörgelei. Ich wollte das alles nicht mehr. Wem tat es schon weh, wenn im Museum ein weiteres Bild zum Restaurator musste und Friedrich eine weitere Fälschung anfertigte? Doch der Alte hat mich rausgeschmissen, ein zweites Mal ließe er sich nicht von mir erpressen.«

Ruhnke fühlte sich offenbar schäbig, traute sich nicht, zum Esstisch hinüberzusehen. Verlegen zog er die Strickmütze aus seiner Westentasche und stülpte sie über das grau melierte Haar. Mit hängenden Schultern stakste er zur Hoftür, griff nach der Klinke und hielt kurz inne, als wollte er noch etwas sagen. Aber er blieb stumm und verschwand in der dunklen, kalten Nacht.

3. Januar

Richard atmete ein, schloss die Augen und richtete seinen Kopf in den klaren blauen Januarhimmel. Doch die Sonne, die sich über der windstillen Ostsee ergoss, wollte sein Gesicht nicht wärmen. Die klirrende Kälte legte sich wie ein bleierner Mantel um ihn. Tonnenschwer. Langsam setzte er sich wieder in Bewegung und stakste durch den feuchten Schnee.

Richard blickte in Richtung Grooter Kierl. Imposant ragte der graue Felsen in das seichte Wasser. Unweigerlich dachte er an Paul Smith. Hätte er sich vor dreiunddreißig Jahren anders entschieden, wenn er gewusst hätte, dass er Vater wurde? Smith hatte mit dem System der DDR gebrochen, ein Weiterleben in diesem Staat war für ihn undenkbar gewesen. In den wenigen Interviews, die er gab, ließ er daran nie einen Zweifel. Doch ein Kind verändert alles. Das wusste Richard nur zu gut.

Charlotte hatte ihn gestern Abend angerufen. Sie würde das Kind behalten, egal wofür er sich nach ihrer Auszeit entschied. Doch sie hoffte, dass ihr Kind in einer Familie aufwachsen würde. Nach vier Gläsern Rotwein hatte er den Laptop hochgefahren und die Rückfahrkarte nach Münster gebucht. Drei kleine Worte entscheiden alles.

»Wartest du schon lange?«

Er hatte sie nicht kommen hören. Richard drehte sich um. Johanna stand so dicht vor ihm, dass er ihren warmen Atem auf seinem kalten Gesicht spürte. Unter der grauen Strickmütze blitzte eine braune Haarsträhne hervor. Er musste lächeln.

»Nein.«

Johanna vergrub die Hände tief in den Taschen ihres

Mantels und trat an den Rand der Brandung. Lautlos umspülte das klare Wasser ihre schwarzen Stiefel. Ihr Blick schweifte über die Ostsee und blieb am Horizont hängen.

»Bin ich ihm ähnlich?«

Er brauchte nicht lange zu überlegen. »Ja, ohne jeden Zweifel. Du gehst wie er deinen eigenen Weg, egal, was andere von dir erwarten«, sagte Richard. Er machte ein paar Schritte auf sie zu, folgte ihrem Blick über das Wasser. »Und du hast sein Talent geerbt, ob du es willst oder nicht.«

Sie schaute ihn an. Die Sonne spiegelte sich bernsteinfarben in ihren braunen Augen. »Die Lilien auf dem Friedhof, das war wirklich Paul?«

Richard nickte. Wieder hatte er Smiths brüchige Stimme am Telefon in seinem Ohr. »Er hat noch Familie in Deutschland. Wann immer es ihm möglich ist, kommt er an das Grab deiner Mutter. Auch der Stein auf dem Friedhof ist nicht von deinem Großvater. Paul hat nach der Wende einen befreundeten Bildhauer damit beauftragt. Ihren Selbstmord konnte er sich nie verzeihen.«

Traurig glitten ihre Augen zum grauen Felsen. »Wenn er Eva so sehr geliebt hat, warum ist er dann ohne sie in den Westen geflohen und nicht geblieben?«

»Als Achim Trestorf in der Fluchtnacht an der Höhle aufgetaucht ist, glaubte Paul, deine Mutter hätte sich gegen ihn entschieden und ihrem Mann alles erzählt. Er wusste nicht, dass Friedrich eingeweiht war und das Versteck verraten hatte.«

Beinahe ängstlich blickte Johanna ihn an.

»Was genau ist damals eigentlich am Grooter Kierl passiert?«

»Paul hatte auf Eva gewartet. Doch sie kam nicht, und er hat das Boot allein aufgepumpt. Plötzlich stand Achim da. Das Gesicht wutverzerrt, mit einem Messer in der Hand. Im ersten Moment war Paul gar nicht bewusst, dass er ihn töten wollte. Seine einzige Sorge galt dem Schlauchboot. Er hatte panische Angst, Achim Trestorf würde es zerstechen, und hat sich auf ihn gestürzt. Irgendwie konnte er ihm das Messer schließlich entreißen, doch Trestorf hat weiter auf ihn eingeprügelt. Hat wie ein Wahnsinniger an ihm gezerrt und ihn zum Wasser hinuntergeschleift. Erst als das Licht eines Suchscheinwerfers durch den Nebeldunst drang, schien Achim wieder zur Besinnung zu kommen. Vielleicht hatte er Angst um Eva, dass ihre Fluchtabsichten nicht unentdeckt bleiben würden. Vielleicht aber hatte er auch nur Angst um seine eigene Karriere. Jedenfalls ließ Achim schließlich von Paul ab, holte den Rucksack aus der Höhle und verschwand.«

Johanna schaute auf die spiegelglatte See.

»Wie hat er es darüber geschafft … ohne Ausrüstung, in so einem dichten Nebel?«

»Evas Sachen lagen bereits im Versteck. Paul hatte vorgesorgt, falls eine Tasche über Bord geht: ein zweiter Kompass, Schokolade, Schmerzmittel … Er hat den nächsten Scheinwerfer abgewartet und das Boot aufs Wasser gezogen. Ein dänischer Fischkutter hat ihn nach über siebzehn Stunden völlig entkräftet aufgenommen.«

Eine Weile standen Richard und Johanna schweigend da, die Bilder der Vergangenheit im Kopf. Das Kreischen der hungrigen Möwen hallte über den menschenleeren Strand.

»Mein Flug nach London geht morgen Nachmittag.« Sie schluckte. »Was soll ich sagen, wenn ich ihm gegenüberstehe?«

»Paul will dich kennenlernen, Johanna. Du bist seine Tochter, er erwartet nichts von dir. Lass es einfach geschehen«, ermunterte er sie.

Johanna nickte. »Danke, dass du den Kontakt zu ihm hergestellt hast.«

»Darum war ich hier«, antwortete Richard.

Verwirrt sah sie zu ihm auf. Er las in ihren Augen, dass sie nicht wusste, wovon er sprach.

»Ich habe lange darüber nachgedacht, warum Semmering mich nach Fahrenende gebeten hat. Die ›Windflüchter‹ gehörten deiner Mutter, Semmering kannte das Bild. Paul hatte es hier im Sommer 1980 gemalt. Er brauchte mich nicht, um dessen Echtheit zu bestätigen«, sagte Richard. »Ich glaube vielmehr, dein Großvater wollte endlich reinen Tisch machen, abschließen mit der Vergangenheit. Doch er hatte nicht den Mut, Paul nach all den Jahren des Schweigens die Wahrheit zu sagen. Semmering wusste, dass ich ihm in England häufig begegnet bin und wir ein freundschaftliches Verhältnis pflegen. Mir war von Anfang an die Rolle des Vermittlers zugedacht.«

Nachdenklich wandte sie den Kopf zum Wasser. »Friedrich wollte mich immer vor allem beschützen, fast hätte es uns entzweit. Doch das Leben kann niemand kontrollieren. Die Dinge kommen so, wie sie kommen sollen.«

Oder wie sie kommen *wollen*, dachte Richard. Sein Magen zog sich leicht zusammen. Er drehte sich zu ihr um und betrachtete ihr Profil. Ja, sie war Paul Smith ähnlich.

»Ich weiß nicht, wie lange ich bleiben werde, Richard.« Johanna löste ihren Blick von der Dünung und schaute ihn ruhig an. Auf ihrem Gesicht lag wieder dieser entschlossene Ausdruck, den er schon vor zwei Tagen im Pfarrhaus wahrgenommen hatte. »In Fahrenende ist zu viel passiert, die Menschen, denen ich vertraut habe, haben mich enttäuscht.«

Richard wusste, von wem Johanna sprach. Und auch er hatte gründlich versagt.

»Ich muss gehen«, sagte er leise.

»Ich weiß.«

Er wollte ihr noch etwas sagen. Sagen, dass er sich etwas anderes wünschte, dass er sie nicht enttäuschen wollte. Doch sein Kopf war leer.

Johanna spürte, was in ihm vorging. »Du hast mir nichts versprochen, Richard.«

»Ich war nicht ehrlich.«

Sie lächelte sanft. »Aber das zwischen uns hat sich ehrlich angefühlt.«

»Ja, das hat es.«

***

Der Rollkoffer polterte dumpf über das graue Pflaster des leeren Bahnsteigs. Richard Gruben blieb stehen, holte das Onlineticket aus seinem Mantel und blickte unruhig auf die Armbanduhr.

»Die Bahnstrecken sind inzwischen überall freigeräumt, dein Zug dürfte pünktlich sein«, sagte Mulsow.

Hörte er ein Bedauern in seiner Stimme? Der Polizist hatte ihn zum Bahnhof gefahren, und Richard stellte überrascht fest, dass er den Mann vermissen würde. Er streckte ihm die Hand entgegen. »Danke.«

Mulsow winkte ab und schlug ein. »Das nächste Mal kommst du im Sommer nach Fahrenende. Die Pension meiner Tante steht dir immer offen.«

»Es trifft Waltraut schwer, dass Johanna ihr nicht verzeihen will, oder?«, fragte Richard.

»Ja. Letztlich war es ihr falscher Stolz, der sie hat schweigen lassen, und der verletzt sie jetzt selbst am meisten. Sie hat einen hohen Preis dafür bezahlt, um das Angesicht ihres Bruders zu wahren.«

»Aber warum hat sie noch nach seinem Tod geschwiegen? Sie war Friedrich gegenüber doch zu nichts verpflichtet.«

Mulsow drehte den Kopf zur Seite und blickte zum Turm der alten Feldsteinkirche hinüber. Die Kronen der alten Kastanien, von Eis umhüllt, glitzerten atemberaubend unter dem kobaltblauen Himmel.

»Das Ansehen der Trestorfs war ihr immer das Wichtigste. Sie stammt aus einer alteingesessenen Familie, niemandem darf ein Grund für Geschwätz geliefert werden.«

In der Ferne heulte das Rattern des Zuges auf. Richard schaute sich nach seinem Koffer um und fasste nach dem Griff. Da fiel ihm ein, dass er Mulsow noch etwas fragen wollte. »Welche Strafe hat Ruhnke zu erwarten?«

»Es wird wohl auf eine Bewährungsstrafe hinauslaufen«, antwortete Mulsow. »Er ist nicht vorbestraft, und die Fälschung und der Verkauf wurden über Semmering abgewickelt, also …«

Seine letzten Worte wurden durch das Einfahren der Regionalbahn geschluckt. Der Zug bremste kreischend. Richard versenkte das Teleskopgestänge seines Trolleys und fasste nach dem seitlichen Tragegriff. An der offenen Schiebetür blieb er stehen.

»Auf Wiedersehen, Bert.«

»Mach's gut.«

Richard schob die schwere Tür zum Abteil auf und manövrierte den Koffer in die Ablage über dem Fenster. Mulsows schwarze Lederjacke verschwand hinter dem flachen Servicegebäude. Er zog den Mantel aus, legte ihn über den Koffer und ließ sich in den weichen Sitz fallen. Der Zug rollte gemächlich aus dem Bahnhof, vorbei an den geschlossenen Bahnschranken. Durch die trüben Scheiben der Regionalbahn blickte er auf die verschneite Heide.

Plötzlich richtete er sich auf. Konnte das sein? Doch seine Wahrnehmung hatte ihn nicht getäuscht. Er musste schmunzeln. Auf dem abgebrochenen Pfahl eines Weidezauns hockte ein roter Kater.